I0641775

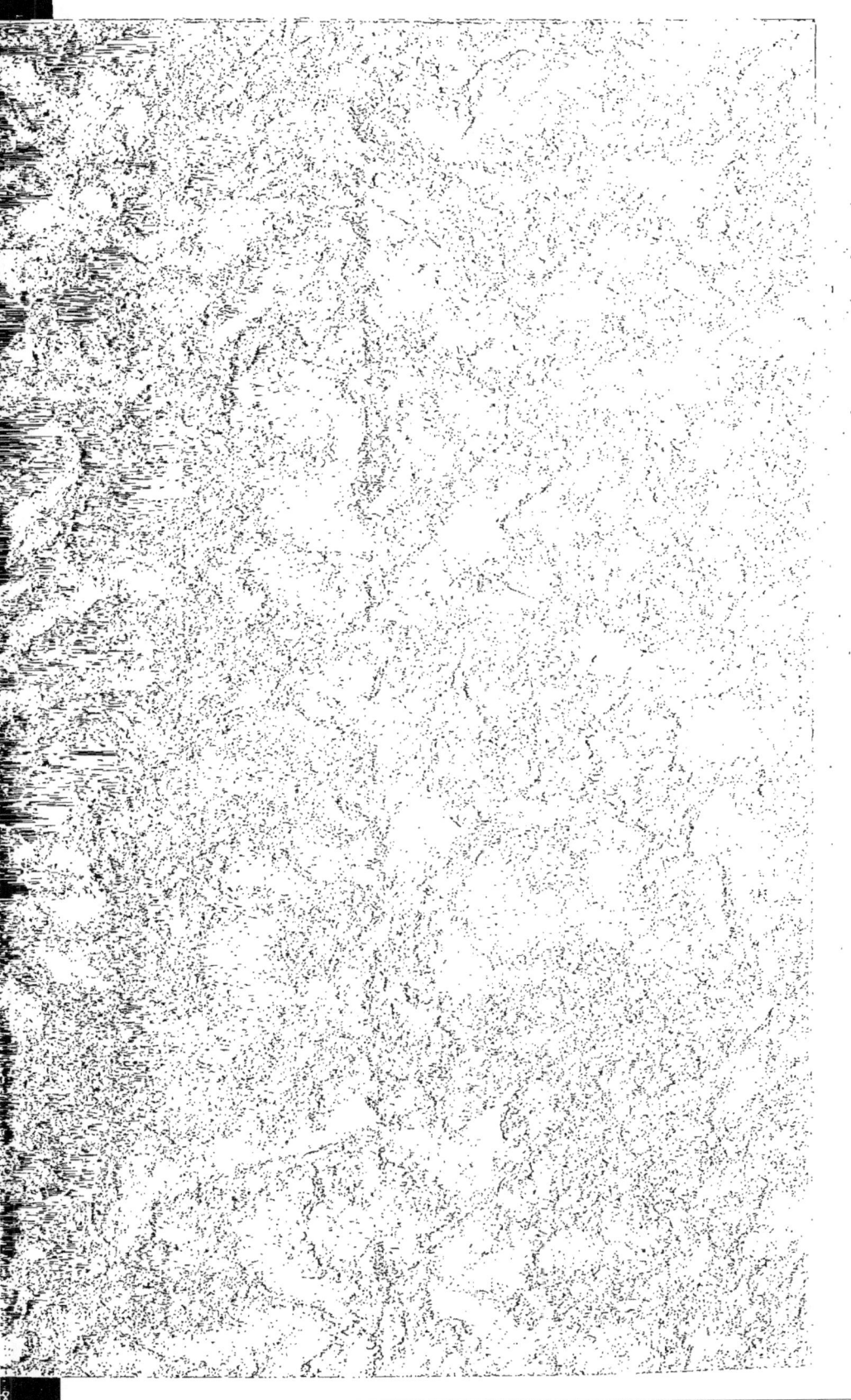

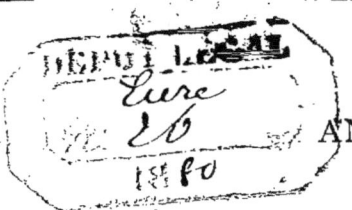

ANDRÉ BERTERA

L'AMOUREUSE

DE

MAITRE WILHELM

Deuxième édition

PARIS

PAUL OLLENDORFF, ÉDITEUR

28 *bis*, RUE DE RICHELIEU.

1880

Tous droits réservés.

L'AMOUREUSE

DE MAITRE WILHELM

ÉVREUX, IMPRIMERIE DE CHARLES HÉRISSEY.

ANDRÉ BERTERA

L'AMOUREUSE

DE

MAITRE WILHELM

PARIS

PAUL OLLENDORFF, ÉDITEUR

28 *bis*, rue de Richelieu.

1880

Tous droits réservés.

AU SOUVENIR

DE

MES CHERS ENALLÉS

PREMIÈRE PARTIE

Costard. « Ce n'était pas une demoiselle non plus, Sire ; c'était une
vierge ! »

Shakespeare. (*Peines d'amour perdues.*
Acte Ier, scène IIe.)

I

Quand, vers onze heures, maître Wilhelm rentra du café Pedrocchi, il faillit buter dans l'allée sombre contre Zanetta, la petite Zanetta, qui, sur la première marche de l'étroit escalier, l'attendait en suçant une tranche de melon rouge.

— Hé là! fit-il, tandis qu'il assujettissait sous son bras un violon soigneusement vêtu de lustrine verte, hé là! c'est toi, petite, qui te fourres ainsi dans mes jambes, au risque de me faire choir sur ces satanés degrés de pierre tout usés?

— Pardon, maître! mais c'est qu'il ne restait plus qu'un petit bout de chandelle, tout

juste de quoi ne pas souper sans lumière : vous
pensez bien que je n'irais pas allumer; pour
quoi faire ?... *Chè !* j'y vois bien assez...
Comme vous rentrez tard !

Puis, glissant dans sa poche la côte de pastèque, rongée jusqu'à l'écorce, elle prit la
main du jeune homme, et, toute humble,
y imprima un baiser sonore.

— Vous ne m'en voulez pas, dites, bien sûr ?
fit-elle. C'était pour le bien ! Je ne serai pas
longue, allez !

Et d'un bond, décrochant au mur un large
chandelier de cuivre vert-de-grisé, elle s'élança
dans la ruelle, une de ces voies étranglées que
les Italiens appellent *viccoli*, et que la lanterne rouge du marchand de sel et tabac coupait tout au bout d'une longue raie de clarté.

On entendit le galop de ses pieds nus sur
le pavé : un instant après, elle reparut, à pas
comptés, de sa menotte repliée entourant la
mèche fumeuse qui brûlait, toute jaune, avec
de petits pétillements.

— Voilà ! dit-elle essoufflée; j'ai été long-

temps partie, hé ? Je vas vous conter la chose :
la teinturerie était fermée, il doit y avoir
quelqu'un de malade ; il a donc fallu courir à
l'*Offellaria*, pour demander du feu. Cinq minutes plus tard, la mère Crispino était couchée... Allons, prenez garde, maître Wilhelm,
empoignez bon la rampe ; ces gueuses de
marches sont mangées comme des tartines.
Via !

Et, doucement, à reculons, tenant l'aveugle
par la main, elle montait, sans un faux pas.
Ah ! c'est que cela la connaissait, elle, et
qu'elle avait bon pied, bon œil, pour deux,
ma foi !

Puis, ce furent des questions sans fin : il
y avait sans doute une noce au café Pedrocchi, un gala ; on avait dansé, et il y avait eu
de belles dames avec des robes longues, longues jusqu'à demain. Et comme il avait chaud !
Cela n'avait pas de bon sens, il fallait souper
en deux temps, et puis vite au *dodo*... Par
exemple, ça lui avait semblé une éternité,
toute seule comme cela dans le noir, et si elle

n'avait pas eu, pour lui faire prendre patience,
la chair pourpre et sucrée de sa pastèque,
dame... !

En haut, Wilhelm prit le chandelier des
mains de Zanetta, et, sans se retourner, après
un « bonsoir, petite », tout sec, il entra dans
une chambre carrelée, et tira la porte derrière
lui.

Il s'était laissé tomber, plutôt qu'il ne s'é-
tait assis, dans un large fauteuil de paille,
lorsque la fillette, passant sa tête ébouriffée
par l'entrebâillement :

— Vous n'avez donc pas faim, ce soir, dit-
elle d'un ton fâché. Ce serait grand dommage,
avec tant de bonnes choses à manger !...
D'abord, de la *polenta*, que vous aimez bien ;
plus un demi-pigeon au riz, et, pour finir, une
grappe de muscat, qui a une mine !... Ça ne
vous déride pas un brin, un menu pareil ! Et
si ce n'était pas tout encore ? s'il y avait une
surprise ? Mais vous poussez des soupirs ;
qu'est-ce que vous avez donc, maître ? Voyons,
voyons, quittez cet air renfrogné ! Je vous dis

que j'ai là de quoi vous faire rire, et aux
éclats ! Vous avez beau secouer la tête : je ne
me trompe pas !

Et Zanetta, achevant de poser sur la table
les deux services de ce fin repas, tira d'une
corbeille une jolie *fiaschetta* au long col de
verre blanc, tout habillée d'un treillis de paille,
et la plaça triomphalement devant Wilhelm.

« Eh bien ! vous ne dites rien ?... Ah ! sainte
Vierge ! j'oubliais que vos pauvres yeux... »

Et elle eut tôt fait de déboucher la bouteille.

A ce bruit, bien connu, caressant comme
une promesse, la face de l'aveugle s'éclaira
d'un rayonnant sourire.

— Du *Verdea !* s'il vous plaît, à une livre le
flacon : on assure que c'est bon, bon, que
cela coule dans le gosier comme un sirop...
Moi, je ne sais pas, je n'en ai point goûté.
Mais ma tante Herminia m'a dit cent fois que
Sa Grâce le *signor* chanoine n'en buvait
jamais d'autre !...

Wilhelm s'était levé, les bras en avant, les

mains agitées d'un tremblement, les yeux
humides.

— Zanetta, chère Zanetta, toujours des
folies ! et de quel argent, hein ? Viens là, à
mes côtés, nous souperons de compagnie. Je
le veux : *meine liebe Johanna*. Que je t'embrasse, au moins !

Et tandis que la petite, toute rouge d'orgueil et de plaisir, se haussant sur ses pointes,
tendait son front à Wilhelm, celui-ci l'enlevait de terre et l'asseyait, malgré ses « non »,
sur une chaise, auprès de lui.

— C'est ta punition, *picciola*, tu tiendras
société à l'aveugle ; et, mieux que cela, il faut
lui rendre raison, le verre en main. Allons,
der Teufel, prends place !

— Mais j'ai mangé, maître ! Puisque je
vous dis que j'ai mangé ; aussi vrai que j'ai eu
quatorze ans à la Sainte-Anne... je n'ai plus
faim !...

Ses yeux lançaient des éclairs à la friande
symétrie des deux assiettes de faïence épaisse,
flanquées du flacon plein de vin ambré et de la

grappe aux grains allongés en forme d'olives
noires. Ses narines dilatées, flairant avec surprise d'aussi chatouillantes odeurs, étaient
secouées, gourmandes, d'un petit frémissement... Pourtant sa voix n'a point tremblé en
proférant ce gros mensonge ; mais toute sa
petite mine alléchée trahit si bien le désir
fou, qu'il faut que vous soyez aveugle, Wilhelm, pour ne pas voir qu'elle a menti...

Sa main furtive fouille dans la poche de son
tablier de cotonnade, tâtant l'écorce verte et
rugueuse, maigres reliefs d'un plus maigre
souper ; elle reste à table cependant, tentée,
mais toute heureuse et très fière d'avoir refusé
sa part d'un festin si complet. Et à l'aveugle,
qui la presse encore :

— Non, bien vrai, répond-elle, je ne
pourrais pas !

Les mots sortent avec peine de sa bouche,
et sa langue est si lourde, si pâteuse, qu'on
dirait que l'envie est plus forte, après tout.

L'artiste mangeait gloutonnement, en affamé, mettant les morceaux doubles. Bah !

puisqu'elle n'avait pas faim, à son aise!...
Tout à son plaisir de gourmand, il n'avait
point pris garde à ce « non » qui sonnait faux
comme une mauvaise pièce; et la petite, contente, riait d'un rire un peu contraint, en
dévorant des yeux ce beau mangeur qui ne
faisait qu'une bouchée de ses deux vieux
billets d'une livre, une fortune très rudement
gagnée.

Quand il eut, avec un clappement de langue,
lampé les dernières gouttes de sauce, sucé le
dernier grain de raisin, Zanetta laissa échapper
un « ah », vite étouffé dans ses doigts. Enfin!
c'était fini, l'épreuve! elle en sortait victo-
rieuse, encore qu'elle eût le cœur un peu gros;
car, je vous le demande, occasion pareille se
représenterait-elle jamais? Une petite lueur
d'orgueil alluma sa prunelle; peu s'en fallut,
il est vrai, qu'une vilaine sournoise de larme,
à grand'peine renfoncée, n'éteignît cette belle
flamme-là.

— Bonne nuit, maître Wilhelm, fit-elle en
se levant : vous n'avez plus besoin de moi?

— Déjà ! reste encore un peu ; il ne sera pas dit que tu n'auras pas bu une seule goutte de ce joli vin, couleur de foin mûr. Tiens ! Et il lui tendait son verre plein jusqu'aux bords.

— Non, cela me ferait mal, dit-elle en le repoussant, j'ai bien plus de plaisir à vous voir...

— Trempes-y seulement les lèvres, *schlechtes Kind.*

— Non, non, criait-elle, avec une pincée d'impatience, pendant que sa tête encensait à petits coups.

— Es-tu dégoûtée de moi ? ou as-tu peur de lire dans mon cœur comme en un livre ouvert, et de connaître ainsi ma pensée ?

— Je ne sais pas lire, reprit avec un gros soupir Zanetta sérieuse, et puis à quoi bon ? je la connais bien !

Et, ouvrant prestement la porte, elle lui jeta un dernier bonsoir et s'enfuit . . . .

. . . .

1.

II

Zanetta, surnommée à bon titre la *Capri-nola,* avait quatorze ans et dix-sept jours ; elle était petite, très petite ; en revanche, elle vous avait des yeux noirs, grands comme ça, qui disaient un million de choses ; une forêt de cheveux d'or pâle, crêpelés, en broussailles sur une tête de chèvre, longue et mince ; une peau vernie, couleur d'ambre.

Était-ce pour faire voir ses dents menues d'écureuil, qu'elle riait ainsi à tout propos, et, à la façon d'un jeune chien, retroussait si bizarrement d'un côté sa lèvre rouge, gonflée comme une cerise bien mûre ? Je ne le crois pas. Voudriez-vous qu'elle fût coquette, à son âge ?

Aussi bien, j'en connais, non des plus laides, qui auraient acheté comptant son nez droit, aux ailes mobiles et un peu creuses, son oreille, en forme de petite moule rosée, et la paire de fossettes qu'elle avait naturellement aux joues.

La tante Herminia, qui, chez sa grâce le *signor* chanoine de Santa-Maria Matricolare, occupe les augustes fonctions de gouvernante à tout faire, pourrait bien avoir été de quelque chose dans son éducation. Hum ! un mot fort solennel pour désigner la petite dose de sapience administrée à cette jeune sauvage !

Ah ! ce qu'elle savait, cela eût tenu dans le creux de la main : manier un balai, mettre à chauffer les petits fers, voilà pour le gagne-pain !

Et lire, écrire ? Demandez-lui plutôt des bâteaux de papier et des sifflets de bois de frêne !

De morale pas un mot, sauf ce qu'elle avait pu retenir des longues phrases entortillées du catéchisme. Mais alors, la tante Herminia

s'était tirée à bon marché de son rôle de tutrice ?

Les parents de l'enfant la lui avaient léguée
en mourant, toute nue ; la tante avait eu
charge d'âme... Comme vous y allez ! D'ailleurs
Zanetta n'est-elle pas baptisée ? Elle commu-
niait à dix ans, dans une belle robe de mousseline blanche, présent du *signor Canonico*.
Dans toute la rue de la Paille, on n'aurait pas
trouvé plus modeste, ni plus sage fillette ; il
n'en n'était pas comme elle pour observer les
abstinences et les jeûnes ; peut-être devrait-on
dire qu'elle jeûnait à son ordinaire. Chaque
dimanche, vous l'auriez vue à la grand'messe
de Santa-Maria, agenouillée derrière un pilier,
les yeux vagues, perdus dans une extase. C'était
donc pour le moins une chrétienne fervente.

Quant au côté pratique, la vieille fille lui
avait mis dans la main la science double,
encore que peu nourrissante, du balai et du
petit fer. Était-ce pas assez ? Aussi bien, un
oiseau avait plus de besoins qu'elle.

Baldassare Tonsura, le perruquier du Vic-

colo della Paglia, avait l'heur de posséder ce
trésor de servante. Si je vous dis qu'il la ros-
sait et que sa femme Euphemia, la mal nommée, réglait son compte, au bout du mois,
plus en calottes qu'en billets de la Banque
Populaire, cela ne doit pas vous surprendre :

Tous les mangeurs de gens ne sont pas grands seigneurs.

Bref, rien à reprendre à la méthode ensei-
gnante d'Herminia. Pouvait-elle faire plus
pour une nièce orpheline? Alors rendons justice à la chaste gouvernante, et laissons-la
farcir en paix ses aubergines !

Aussi bien, je vous le dis en confidence, ni
les baisers bruyants, un peu mouillés, du
prêtre, ni l'humeur de dogue de la vieille
fille, pas plus que les longues aubergines, à
la livrée épiscopale, pieusement farcies pour
une pieuse gourmandise, n'avaient creusé de
grands vides à l'âme douce de Zanetta. Non !
elle ne regrettait rien, quoiqu'il n'y eût pas
pour un baïoque de gaieté dans sa vie maussade.

Certes, le balai est un bel instrument ;

dans d'habiles mains, il produit des effets
merveilleux, toutes choses égales d'ailleurs,
comme parlent les mathématiques. Le petit
fer, lui non plus, n'est pas sans grâce !... Mais
que voulez-vous, Zanetta ne mordait ni à
l'un ni à l'autre. Aussi, devait-elle mal finir,
Baldassare le lui avait juré maintes fois,
appuyant son dire d'une taloche. Elle n'en
avait pas moins le sourire aux lèvres, la servante ; il y était même rivé, ce sourire, qui
relevait si drôlement tout un coin de sa petite
bouche.

Ah ! c'est que le perruquier et sa femme, le
balai à balayer les cheveux collés par la
moelle rance des pommades, le fer à mettre
chauffer, en l'approchant par instants de la
joue, les coups de ciseaux stridents, les colères
des clients bourrus, les courses lointaines, en
plein soleil, par la ville, les nattes à tresser,
les pots de teinture à habiller d'étiquettes, les
flacons à emplir d'huiles parfumées et fades,
ce manège, ces corvées, cette vie de servitude
basse, faite de petits ennuis et de misère noire,

elle enfermait tout dans le même sac, le sac aux chagrins.

Et, sitôt libre, dès que l'heure du repas sonnait au coucou, vite, tête nue, elle s'envolait, au grand plaisir de la *patronne* qui prisait fort son absence à table ; puis, dans la rue, lorsqu'elle avait perdu de vue la boutique et ses tons de carmin lavé d'eau, et ses rideaux de mousseline rouillés, et la marquise poudrée de la montre, elle ouvrait au large son grand sac et lançait tout au vent, avec des fusées de rire, et des trilles, et des roulades. Bah ! elle trouvait bien sur son chemin un fruit vert, ou une croûte, histoire de tromper la faim qui lui tenaillait le ventre.

C'était plus fort qu'elle, cette gaieté : rien n'y faisait, ni les mauvais traitements, ni les paroles aigres. A peine levée, et c'était toujours avant l'aube, elle roucoulait comme un ramier : et pour si peu qu'elle pût se faufiler par la porte, l'ouvrage fait, soit courir au marché, soit à la place Victor-Emmanuel, ou, à un coin de rue fréquenté, rester bouche bée

devant un chatoyant étalage ou un officier cara-
colant ; pour si peu qu'elle pût entrevoir un
petit bout de l'Adige tout baigné de soleil, et
cueillir au pied d'un mur une fleurette ; pour
si peu qu'elle pût entendre un gazouillis d'oiseau, ou la musique d'un bataillon sortant du
Château-Vieux, elle en avait pour tout le jour
à être heureuse, contente et sereine.

Sans se plaindre elle allait et venait dans
la boutique malpropre, éclairée seulement par
la porte, toujours ouverte sur la ruelle fétide,
où coulait le ruisseau bleuâtre de la teinturerie
voisine.

L'hiver, à force de trottiner sur le carreau
boueux, elle ne souffrait pas trop du froid,
approchant par moment ses pauvres doigts
violets, boudinés par les engelures, du poêle où
bouillait l'eau chaude pour les barbes.

Par exemple, l'été, c'était à n'y pas tenir :
une étuve, avec des odeurs écœurantes de
parfumerie commune. Parfois, le cœur lui
manquait, et elle allait respirer sur le seuil
une bouffée d'air moins gras et moins fade,

retroussant d'une main le rideau de coutil à
raies jaunes qui, fouetté par le vent, grinçait
sur sa tringle : un duo à agacer les dents,
avec l'armet de cuivre poli de l'enseigne !

Elle avait fini pourtant par trouver un certain charme à cette aigre musique de chapeau
chinois. Souvent, assise au dehors sur le
banc de bois peint en vert, elle s'arrêtait de
crêper un chignon fauve, et, comme lasse, les
yeux clos, la forme de buis entre les genoux,
elle rêvait qu'elle était sur l'Adige, bercée
dans un bateau plat, dont la voile flottante
battait en mesure avec un gros bruit d'ailes.
Cela lui revenait d'un jour, un dimanche ; il
y avait bien des mois de cela, peut-être plus
même. Le ménage Tonsura avait mis plus tôt
que de coutume les volets à la boutique, dans
sa hâte goulue de faire ripaille, pour la plus
grande gloire d'un saint martyr quelconque,
et de s'aller empiffrer, au café du Grand-
Scaliger, de longs filés de macaroni au parmesan, arrosé de *Barbero* épais.

Zanetta, sur leurs talons, n'avait fait qu'un

saut jusqu'au vieux pont de pierre : là, avi-
sant une barque, elle s'y était blottie, se
léchant les lèvres par avance d'un plaisir
qu'elle se promettait depuis beau temps déjà !

Non, de sa vie, elle n'avait mieux dormi,
dans le ballottement silencieux du grand
fleuve, qui la hochait avec un bercement doux
de nourrice câline. De vrai, elle ne s'était
éveillée qu'au petit jour, le lendemain, et
avait, en rentrant, dîné d'une bourrade
pour la peine ; mais, comme elle disait :

— Ça valait bien ça !

Pensez donc ! toute une gerbée de souvenirs, un coin du monde aperçu, sans compter
une barcarolle de *marinajo* vénitien, caress-
sante ainsi qu'une brise des lagunes, dont les
mots, encore qu'elle ne comprît pas tout,
s'étaient un à un accrochés dans sa mémoire
touffue de fillette :

> Ti xe bella, ti xe zovene ;
> Ti xe fresca come un fior ;
> Vien per tutti le so lagreme,
> Ridi adêsso e fa l'amor !

Les jours de fête, sa grande joie, la messe
entendue, c'était de prendre son vol vers les
Arènes : elle grimpait, d'une haleine, jusqu'au
dernier gradin de marbre ; et là, aspirant à
pleine gorge l'air pur, se grisant de soleil, elle
se lançait à toutes jambes dans l'orbe allongé
du cirque, au risque de se briser en une chute
profonde.

Et c'étaient des sauts, des bonds de chèvre
échappée sur ces pierres branlantes : les
mains en avant, noyée dans le bleu chaud du
ciel, elle courait, décrivant la même parabole,
jusqu'à ce que, épuisée, haletante, étourdie,
n'y voyant plus, éblouie par les blancheurs
crues du marbre ensoleillé, elle se laissât
glisser dans l'ombre humide d'un vomitoire.

C'étaient ses galeries, à elle, ces vieux
murs : pas un coin qu'elle n'eût exploré. Elle
savait qu'à cette place, dans le joint d'une
marche descellée, un laurier-rose avait poussé
ses racines grêles ; ici, c'était la vigne vierge
qui tapissait la pierre ; là, le vent, ce grand
semeur inconscient, avait planté tout un par-

terre de fleurs. Elle allait de l'une à l'autre, saluant d'un sourire les œillets sauvages, les joubarbes et les cyclamens ; pour rien au monde, elle n'en aurait cueilli une, et même elle relevait sa jupe en passant, de peur de frôler une amie.

Elle avait là aussi des connaissances pour qui toujours elle était la bien accueillie : revendeurs de vieilles et sordides choses, qui avaient ouvert boutique dans les anciennes cages à bêtes fauves. Là, pour elle, la table était toujours mise : une écuelle de soupe, tenue au chaud sur les cendres, une galette de maïs, une figue blette. Donnons-nous de garde d'oublier la chèvre, qui broutait dans l'arène, suitée de ses deux chevreaux. Ah ! le rêve, c'eût été d'y passer la vie !

Ne voyait-on pas encore, au beau milieu de la piste, une baraque badigeonnée en bleu-clair, que le *signor Pulcinella* faisait retentir le dimanche de sa voix éraillée de fausset? Je vous le dis, c'était un monde, ces arènes : rien n'y manquait, un vrai paradis de fillettes !...

Cependant, un beau jour, il y aurait de
cela trois semaines à la Saint-Grégoire, cette
belle humeur à toute outrance s'était envolée... prrrttt... comme un couple de perdrix
dans les vignes, après la vendange !

Zanetta était devenue tout d'un coup sérieuse : plus de chansons, plus de pétarades
de rires, plus d'escapades folles au vieux cirque romain. C'était à n'y pas croire !

Quoi ? c'est bien la petite Zanetta, celle
que nous connaissons si rieuse, assise là sur
cette chaise, coiffant avec respect une perru-
que poivre et sel ? La vocation aurait-elle
parlé, précisément pour faire mentir ce mauvais prophète de Baldassare ? Est-ce que, par
hasard, la servante aurait l'ambitieux penser
de succéder en cette place, et de s'enterrer à
jamais dans cette échoppe puante, entre le
plat à barbe et la savonnette ? Faudra-t-il
appeler le peintre pour tracer à la devanture,
en belles majuscules dorées, l'épitaphe :
« Ci-gît Zanetta, dite la *Caprinola*, perruquière » ?

Madame Tonsura, elle-même, en rappelait
un peu de son premier jugement : un dicton,
qu'elle accommodait à toutes sauces , et débi-
tait vingt fois dans une journée , d'un air
sagace, en se pinçant l'oreille gauche : « *farine
du diable se moud en son.* » Décidément, la
petite avait du bon ; si elle se levait avec le
soleil, ce n'était plus aujourd'hui pour courir
la prétentaine ! La boutique était méconnaissable : les glaces luisaient, les flacons trô-
naient en bel ordre de bataille sur les tablettes
de bois jouant le marbre de Vérone , où les
rasoirs et les brosses bien nettes occupaient
leurs places en colonne.

Une vraie fureur de propreté, dont la petite
était prise ! Tant et si bien, qu'on la trouvait
encore, l'après-midi, bras nus, la jupe troussée par quatre épingles, lavant et relavant
sans répit.

Ah ! elle en abattait de la besogne ! c'était
plaisir de la voir ! Et quel goût avec cela ! Les
amours de crêpés elle vous confectionnait !
les belles boucles elle tournait d'un coup

de brosse sur le bâton de buis, en forme de
cierge ! C'était tapé, quoi !...

Et le soir, l'ouvrage fini, les mains soigneusement savonnées, ses beaux cheveux d'or
retenus par un étroit ruban, elle s'asseyait à
table, devant la bouillie fumante, les yeux
baissés, bien sage, entre le perruquier et sa
femme... Le bon Dieu l'avait touchée, pour
sûr ; elle mangeait gentiment, à petites cuil-
lerées, les coudes au corps : une perfection !

Où est-il, Vierge souveraine ! le petit sau-
vageon d'antan ?

III

Cette conversion si brusque avait coïncidé
à peu près avec l'arrivée d'un nouvel habitant
dans la rue de la Paille. Baldassare Tonsura,
propriétaire de la maison, n'avait gardé pour
son usage que l'échoppe et un cabinet sans
fenêtre qui la continuait. A droite de la porte
vitrée de la boutique s'ouvrait une allée noire,
qui, par une vingtaine de marches branlantes,
menait au *bel étage*, l'unique d'ailleurs, composé de trois pièces, plus que modestes, que
le barbier louait toutes garnies.

Le hasard fit qu'aux premiers jours de
juillet, un vieux peintre d'enseignes, qui y
logeait, déménagea, comme on dit, à la cloche
de bois; en l'absence du *patron*, il partit, à la

faveur d'une nuit d'orage, emportant, à l'exemple du philosophe antique, toute sa fortune avec lui : un paquet de hardes et sa boîte à couleurs.

Hâtons-nous d'ajouter, à sa louange, qu'il ne devait pas un liard du loyer, largement soldé en nature. Était-ce pas lui qui avait, du haut en bas, repeint l'immeuble d'une couleur rose tendre, tout à fait plaisante à l'œil? Ce qui n'empêcha point, pendant un fort long temps, Baldassare d'aller criant par-dessus les toits que le maudit « *pittore da sgabelli* » lui volait, ni plus ni moins, trente livres et dix-sept sous, y compris la valeur d'un superbe mouchoir de coton jaune serin que le « *birbante* » lui avait soi-disant emprunté.

De fait, il ne mit pas les pieds à la Questure, ce qu'il n'eût pas manqué de faire, s'il eût été lésé, comme il le contait avec une entière bonne foi. Que voulez-vous, il avait tant de fois narré la chose, qu'il avait fini par y croire, comme au *Credo*.

2

Un soir que Tonsura, assis devant sa porte
avec son énorme moitié, vomissait, selon sa
coutume, entre deux bouffées de *virginia*, un
déluge d'injures à l'adresse du locataire infidèle, il aperçut, tournant l'angle de la ruelle
et de la rue Tornabuoni, un pauvre diable
fort mal couvert.

Celui-ci donnait le bras à un garçon de
café en veste ronde, et s'avançait à petits pas,
tapotant le pavé du bout de sa canne.

Quand ces deux personnages furent arrivés
à hauteur de la boutique, l'homme à la veste
lâcha d'une voix ennuyée un « *ecco la bot-
tega* », et, fourrant dans la poche de son gilet
une maigre bonne-main, sans remercier, il
tourna les talons avec une grimace.

— Que souhaitez-vous, *signore* ? fit le perruquier, qui, à la façon des scribes, glissa d'un
geste brusque le *virginia* tout fumant derrière
son oreille.

— C'est bien ici que demeure *Herr* Baldassare Tonsura ? répondit le nouveau venu avec
un fort accent tudesque.

— C'est moi-même, reprit le perruquier en faisant un pas vers l'étranger. Qu'y a-t-il pour votre service ? *Sono a suoi commandi !* Que désire *sua eccellenza* ? Une barbe ? Une taille de cheveux, une friction... une bonne friction ? Entrez, on vous accommodera à miracle. Holà ! Zanetta, de l'eau chaude pour son Excellence !

— Inutile, monsieur, je n'ai point affaire au barbier, mais au propriétaire. On m'a dit, au café, que vous aviez une chambre à louer. Est-elle vacante encore ? Si oui, c'est affaire entendue.

— Que ne le disiez-vous tout de suite, *signore ? Piccola,* allume la chandelle, et éclaire-nous dans l'escalier. Allons ! appuyez-vous sur mon bras, car vous n'avez pas l'air d'y voir trop clair.

— Merci, monsieur, j'accepte sans façon ; je suis aux trois quarts aveugle : un accident terrible...

Ils montèrent. La pompeuse éloquence de Tonsura eut beau jeu ; son style coloré eut

tôt fait de travestir la mansarde en palais ; la
main sur la conscience, c'était un incompara-
ble menteur que ce barbier.

Figurez-vous une étroite pièce carrelée,
percée d'une lucarne ronde, de quoi passer
juste la tête ; pas de foyer ; les murs, jadis
blanchis au lait de chaux, étaient émaillés
d'une mosaïque, peinte à la fresque, de sujets
et de légendes bizarres.

Cela était divisé par panneaux de tailles
inégales, affreusement empâtés de couleurs ;
car le bonhomme ne ménageait point sa marchandise à l'huile, à l'eau ou à la colle.

On y voyait, par exemple, un sanglier d'un
éclatant vermillon, une longue pipe aux crocs,
chevauchant un tonnelet vert olive, avec
cette alléchante réclame en exergue : *Ici, on
boit à la glace.* Au-dessous, un singe, qui râ-
pait une tranche de fromage, était ficelé d'une
banderolle bleu de ciel, fort galamment plissée en godrons, où des bouts de macaroni
safrané figuraient les lettres de l'enseigne.

Là, dans un cadre fait de feuilles de tabac.

de paquets de *romani* blond clair, et de fais-
ceaux de *virginia* coupés carrément aux deux
bouts comme des bâtons de vanille, ces mots :
Sale è Tabacco s'enlevaient en jaune d'or sur
une pyramide de sel blanc. Ici, dans une
rôtissoire d'outre-mer, une broche énorme
tournait, enfilée, en guise de volailles, d'un
chapelet de billets de loterie rose tendre,
balafrés de numéros à la terre de Sienne.

En face de l'œil vairon qui s'ouvrait dans
la ruelle, un jeu de boules de toutes nuances
formait le milieu d'une véritable panoplie de
queues de billard, séparées l'une de l'autre
par des grappes de fiasques, qui dansaient le
long d'une cordelière de soie cerise ; au-
dessus, dans un arc-en-ciel criard, on lisait :
*Ici, le vermouth est de Turin et le billard de
Paris.*

Il y en avait pour tous les goûts, pour les
besoins les plus divers : le rôtisseur y cou-
doyait le marchand de cercueils, éclaboussés
de larmes d'argent ; le médecin y trônait dans
une gloire de lancettes étincelantes ; le pâtis-

sier, sur une pile de croquettes lardées d'a-
mandes ; le tailleur, au dos d'une redingote
sans plis, largement étalée avec des raideurs
de tôle peinte.

Le tout mâchuré d'épitaphes, strié de com-
plaintes, écartelé d'écussons flamboyants,
d'annonces tapageuses ; un salmigondis de
dédicaces, de phrases triviales ou précieuses,
burlesques ou tragiques ; une *olla podrida*,
pleine d'accouplements hurleurs, de lettres
moulées, anglaises, bâtardes ou gothiques,
de figures invraisemblables, enjolivées de
fioritures, pomponnées d'arabesques, crava-
técs de rubans en queue d'aronde.

Le peintre, homme prudent et soucieux de
son art, mais locataire sans scrupules, répétait en catimini son rôle avant de se produire
en public, et avait, paraît-il, l'excellente coutume de badigeonner son logis avant de bar-
bouiller des devantures de boutique.

Et ce n'était point, peut-être, l'unique raison de ces fresques stupéfiantes. Le brave
artiste en plein vent n'avait pas, je soupçonne,

un ordinaire des plus copieux ; or, ses pinceaux
y suppléaient. Avait-il soif ? Il peignait au mur
une bouteille pleine des meilleurs crus de
Toscane ; ou faim ? il faisait taire les abois
de son ventre affamé en lui offrant la succulente pourtraicture d'une tranche de mortadelle marbrée de tons rouges et blancs, ou le
profil luisant et doré d'un gras chapon de
Limagne. M'est avis qu'à ce régime il ne dut
pas précisément ouater de graisse son ab-
domen.

Le meuble comprenait tout juste un lit de
hêtre, peu fourni en matelas et couvertures,
une table bancale, un fauteuil très dépenaillé,
quelques chaises boiteuses, et un morceau de
miroir accroché en belle place à la muraille ;
« *per far il cascamôrto* », avait observé le
barbier de belle humeur.

— Un palais, *signore*, un vrai petit palais,
clamait-il d'une voix de stentor ; ça vient
d'être habité par un peintre, un artiste, oui,
qui peignait comme le grand *Paolo* lui-même.
Et qu'il s'y trouvait bien, l'heureux gaillard !

Il sifflait du matin au soir : un vrai merle,
cet homme ! Et une *furia di diavolo !*... Mais
il a dû quitter Vérone, la semaine passée, à
cause d'une commande du gouvernement;
oui, *signore*, vous entendez bien, du gou-ver-
ne-ment ! Sans cela, voyez-vous, il n'y aurait
pas une niche à louer dans mon immeuble, et
je n'aurais pas le plaisir, *mio cáro*, de vous
compter au nombre de mes locataires. Quant
au voisinage, il est un peu soigné ! Ah ! *per
Dio* ! parlons-en, du voisinage ! L'appartement
d'à côté, un appartement de quarante livres
par mois, *diavolo !* est occupé par un bourgeois, un riche bourgeois qui vit de ses rentes. Ah ! *carissimo !* en voilà un *signore* qui
est bien ; il ne fait pas de tapage, celui-
là !... Ce n'est pas comme ce mendiant
de... Je ne te donne pas deux jours, entends-
tu, ma petite prunelle, pour être avec lui
comme savon et savonnette !... Mais, au
fait, continua le verbeux Figaro, après une
pause dont il profita pour souffler avec un
bruit d'outre dégonflée, d'où viens-tu? Que

fais-tu? As-tu un état? Je ne veux chez moi
que des gens tranquilles, bien posés. Je ne
me soucie pas, *Gesu m'aiuta !* de prostituer
mon immeuble....

Et il appuyait sur ce mot « prostituer » avec
une fureur comique.

— Je me nomme Wilhelm, maître Wilhelm, comme on disait là - bas, repartit
l'aveugle avec un triste sourire ; j'arrive de par
delà les monts, de la Prusse rhénane. Je suis
artiste, et point tout à fait sans ressources.
Mon violon et mon petit bagage sont restés au
Grand-Scaliger. Seriez-vous assez bon, monsieur, pour me les faire apporter ?... car je ne
bougerai pas d'ici, si cela toutefois vous arrange.

— Un instant, un instant, mon très cher !
Que tu es pressé ! *Piano ! Piano !* que diable !
il n'a pas été question du loyer. Je veux dix
livres, et six mois d'avance. Au moins celui-
ci, grogna-t-il entre ses dents, ne me volera
pas comme ce bandit...

— Est-ce dit ?... Tope alors !

Et il saisit le poignet de l'aveugle et le serrait à le briser, répétant : Est-ce dit ? Est-ce dit ?

Puis, comme l'artiste faisait mine d'ouvrir un vaste portefeuille de moire brodée de perles de verre :

— *Chè ! chè !* que fais-tu ? Tu n'y penses pas ! glapissait-il d'une voix flûtée, en tendant sa paume toute grande.

Et, pendant que son hôte, ahuri par cette abondance méridionale, commençait à tâtons par la chambre un voyage à la découverte, Baldassare, les billets en poche, dégringolait l'escalier quatre à quatre, en fredonnant sur un air des Puritains ces paroles de vile prose :

— Un violoniste ! *Per Bacco !* mon salon ne désemplira pas. Rien de tel que la musique pour amorcer le client.

Il avait depuis longtemps tourné dans la rue Tornabuoni, qu'on l'entendait encore chanter à tue-tête :

— O Wilhelm ! ô mon hôte ! *io t'amo...i... o...t'a...a...a...m...o...o !...*

IV

Dès qu'il fut seul, l'étranger ferma soigneusement sa porte : il eut une certaine peine à trouver la clef, restée en dehors ; ses mains avaient des tâtonnements quêteurs, des mouvements d'une lenteur prudente et molle en se posant sur les choses. Il fit à petits pas le tour de la chambre, puis, les bras en avant comme des yeux ouverts, il revint, avec des glissements de pieds peureux, vers le fauteuil de paille où il s'assit avec un han ! de lassitude profonde.

C'était un homme d'une trentaine d'années, de haute taille, mince, presque maigre, pauvrement vêtu d'une houppelande trop large,

blanchie aux coudes ; le lainage rouge d'un tricot s'effilochait sous la manche très courte. Un
cachez-nez de filet de soie floche, deux fois
enroulé autour du cou, masquait tant bien
que mal l'absence de linge. Des culottes de
drap gris en vrille et un feutre bossué, piqué
d'une rose des Alpes, complétaient le costume.

Il portait toute sa barbe, d'un blond ardent,
et ses longs cheveux retombaient en cascades
sur le col graisseux de l'habit.

Les lignes du visage étaient fines, nettement
arrêtées ; la peau de teinte neutre revêtait
exactement l'ossature : l'ensemble était triste,
un peu froid, rendu plus sec encore par
l'expression vague et inquiète de ses yeux sans
regard, où tremblotaient sans cesse des paupières ourlées de rouge. . . . .

. . . .

Chut ! n'avez-vous pas entendu comme le
clappement humide d'un baiser ? Avec quelle
violence farouche il embrasse ce petit cadre de
chêne sculpté, où brille, sous le verre terni, le

portrait au pastel d'une jeune femme allaitant un rose enfant : il le presse contre son cœur avec une vraie fièvre d'amour! Et il pleure, l'artiste, et il sanglote, et l'ondée doulcureuse tombe goutte à goutte sur ses longues mains, aux ongles coupés carrément, aux veines saillantes.

Deux coups discrets lui font prêter l'oreille, et voici que déjà le cher souvenir a disparu au plus profond d'une poche ; alors, tandis qu'il essuie à la hâte ses yeux mouillés, une petite tête crépue et souriante apparaît dans le clair-obscur de la porte entrebâillée.

— Puis-je entrer, *signore*? J'apporte les..., les choses, vous savez, que j'ai été quérir au café *della Scala*. Voilà! C'est lourd ce qu'il y a là dedans, fait Zanetta en posant à terre la boîte à violon et le sac de nuit en tapisserie passée.

— Qu'est-ce donc que ça?.. Drôle de forme ; on dirait d'un cercueil de nouveau-né. Dites, maître Wilhelm, qu'est-ce que cela peut bien être?

3

— Qui es-tu, toi, qui sais comme je me nomme?

— C'est juste! Où ai-je la tête? J'oubliais de me présenter — je suis Zanetta, la servante de M. Baldassare, votre propriétaire, pour vous servir. On m'appelle aussi quelquefois la *Caprinola,* par la raison que j'aime à gambader. Ce n'est pas un péché dites? Avez-vous besoin de quelque chose?

— Rien! merci, Zanetta!

— Au reste, si vous souhaitez me voir, tapez du pied un peu fort! Je suis en dessous, j'entendrai et vite j'arrive!.. Alors continua-t-elle avec un accent câlin comme une prière, alors, et elle avait la main sur la clef de la porte, vous ne voulez pas?... J'aurais été si heureuse!...

— Quoi donc?

— Me dire ce qu'il y a dans cette boîte, acheva-t-elle avec un soupir de regret, les lèvres retroussées par une moue boudeuse.

— Mais, je ne demande pas mieux — tiens, regarde, la voici ouverte!...

— Je ne suis guère plus avancée!

— N'as-tu jamais vu de violon?.. Un violon, tu ne sais pas ce que c'est?

— Vous dites?... *violino*? A quoi cela sert-il? C'est la première fois que j'entends ce mot-là. Le patron prétend que vous êtes un musicien... avec cela peut-être?

— Oui, et je te jure que cette machine de bois a une voix plus belle...

Et Wilhelm, saisissant l'archet, s'apprêtait à donner à l'enfant un échantillon de son savoir-faire, quand tout à coup une voix de tête furieuse glapit :

— Zanetta! Où diable s'est fourrée encore cette vermine?

L'injure fit monter le rouge aux joues de la fillette; d'un bond elle se jeta sur la main de l'aveugle, la pressa contre son cœur avec une pantomime d'adoration comique et s'enfuit en criant :

— N'oubliez pas, maître Wilhelm, je suis là, en bas.

La connaissance s'était faite ainsi, pour le

plus grand bien de ces deux isolés. A dater de
ce jour, Zanetta voua à l'artiste une affection
jalouse et comme désespérée : elle s'accrocha
à cet amour, avec l'étreinte folle et peureuse
d'une noyée.

Cette enfant qui n'avait jusque-là rien aimé
que la liberté, le grand air et ses tièdes senteurs, le soleil aveuglant des Arènes, et le
ruissellement berceur du grand fleuve, se
prit tout d'un coup de passion pour cet inconnu
d'hier, qui, le premier, la traitait en petite
fille, avec des paroles douces et la caresse d'un
tutoiement : tout ce trésor de tendresse, que
sa vie abandonnée d'orpheline avait accu-
mulé au fond de son âme d'incomprise, toute
cette cruelle épargne de mots câlins, de mol
abandon, de confiance, elle les lui donna en
bloc, ce soir-là, cassant à son profit sa tirelire
d'amour.

Lorsque, le souper desservi, elle put savou-
rer l'âpre joie d'être seule, toute seule, dans
la boutique, où elle couchait, pelotonnée sous
sa mante usée, sur une paillasse de maïs sonore,

son cœur, un peu neuf pour des émotions pareilles, battait à coups furieux, saccadés, contre son étroite poitrine de petite fille.

Elle fut obligée, un bon moment, de se tenir assise ; vrai, elle n'en pouvait plus : c'était trop, elle pensa étouffer ; un ami, c'était un ami ! Pour sûr, c'était la Vierge qui le lui envoyait. Car, je vous le demande, où, sinon au ciel, aurait-on pu trouver si belle barbe, couleur de grain mûr ? Et quel air doux et bon, avec cela ! Et le bleu de ses yeux clignotants, n'était-ce point le cousin germain de celui des nefs d'église, semées d'étoiles d'or, où resplendit la madone d'albâtre, nimbée ? L'éclat en était délicat et tendre ainsi que ces pervenches, qui parfois, en bouquets lâches, parent l'autel les matins de fêtes.

Ah ! comme elle l'aimerait !.. mais, d'abord, il fallait devenir sage, raisonnable, une vraie petite femme, travailler ferme, ne plus muser comme maintenant, afin de satisfaire la patronne et de gagner des poignées de livres, pour lui !

Car, le *povero*! il n'avait pas la mine fortunée! comment voulez-vous, un aveugle?

Ah! elle se promettait de le gâter, de lui ménager des surprises, pas chères, suivant ses petits moyens! des friandises, des ouvrages qu'elle confectionnerait en cachette.

Pour son ménage, ah! ça, elle s'en chargeait! Pas un duc ne serait servi comme Wilhelm.

Puis elle entrevoyait, au bout de ces renoncements humbles, de ces dévouements sans fracas, de ces tiédeurs de gâteries muettes, une promenade à deux; elle, le tenant par la main, dans la campagne, le long d'eaux courantes; ou bien, une histoire merveilleuse, contée de sa voix chaude et si douce pourtant, avec l'ânonnement et l'accent mauvais d'une langue nouvelle. Ce seraient là ses récompenses, avec un « merci, Zanetta » et une caresse du bout des doigts, sous le menton.

Peut-être aussi, quelquefois, les grands jours, il lui ferait de la musique; quel rêve! un concert pour elle toute seule!

Sa nuit fut semée de songes pareils, d'espoirs
fous : pas une place vide. Sa petite cervelle
surchauffée partait en campagne ; franchissant
à pieds joints les barrières, elle se lançait à
toute outrance à travers les halliers parfumés.
Le matin, tout en s'occupant du ménage, avec
le sérieux appliqué d'une résolution forte, elle
pensait :

— Bien sûr, il va m'appeler, pour de l'eau !

Une chose la chiffonnait, sa prononciation
vicieuse d'étranger ; ah ! il faudrait bien qu'il
se corrigeât ! Elle lui apprendrait donc ; quoi
de plus naturel ?.. Et elle riait, se mettant
dans la peau de son rôle de maître de langue,
elle, gamine de quatorze ans, d'un élève presque deux fois plus âgé.

V

Mais sa tête avait beau faire l'école buis-
sonnière, elle s'appliquait, soigneuse, à l'ouvrage ; rangeait les fioles, les brosses et les
peignes de corne blanche, où s'emmêlaient
encore les cheveux de la veille ; les rasoirs aux
manches de buffle, les chiffons à barbe, sabrés
des raies noires des poils, les essuie-mains, les
peignoirs à carreaux de couleur ; époussetait
les poupées, faisant voler les nattes longues,
frottait en tous sens le fauteuil d'acajou à
dossier mobile ; l'œil à tout, en dépit des ga-
lopements sans fin de son imagination outran-
cière.

Tandis qu'elle rinçait les blaireaux dans

l'eau chaude, elle se voyait sur les genoux de
Wilhelm, qui lui montrait des images, de
belles images enluminées, fouettées d'or et
d'argent par places.

Et pendant qu'elle repassait sur la bretelle
de cuir, pendue à droite de la glace chas-
sieuse, un rasoir à large lame carrée, il lui
semblait entendre une musique céleste, qui
sortait de cette boîte qu'il appelait *violino*, lui !

Par exemple, elle ne voulait plus être trai-
tée de vermine, devant lui surtout ! Quelle
honte ! elle en sentait encore le feu à ses
joues, qui la cuisaient ! Encore que la maîtresse eût la main aussi leste que la langue,
elle ferait en sorte qu'on n'eût rien à reprendre à son service : là ! comme ils enrageraient
de n'avoir plus le droit de lui allonger des
calottes ou de lui décocher des mots malhonnêtes ! Ce serait bien fait !... Et elle ne finirait pas mal ! et la farine du diable se mou-
drait en pur froment ! Tant pis, elle s'en
frottait les mains ; ils étaient trop méchants
aussi, avec leurs prédictions menteuses !

3.

Quant à vagabonder comme avant, il n'y fallait plus penser ! Chaque minute de répit serait à Wilhelm, à lui seul; et elle se dépêcherait tant et tant qu'il y en aurait beaucoup dans la journée ! Dame, songez un peu ! son ménage à faire, ses habits à brosser, raccommoder, et que savait-elle ? mille choses. Un homme, c'est difficile, et un artiste, et aveugle, encore !

Elle trottinait par la boutique, avec de légers frôlements de jupe, active, affairée, soulevant sur son passage de petits flocons de poussière blonde, les lèvres pincées par une volonté dure, qui jurait étrangement avec la lueur joyeuse de ses prunelles.

Soudain, elle crut entendre un murmure très doux, là-haut, dans la chambre de Wilhelm.

Elle s'arrêta, l'oreille au guet, retenant son souffle; il n'y avait pas à douter, quelqu'un chantait : c'était quelque chose comme le babillage harmonieux de deux voix d'enfants de chœur.

Qui ça pouvait-il être ? Lui ? Oh ! non, elle ne s'y serait pas trompée. Et puis un homme n'a pas un timbre pareil !

Tout à coup, la fiole qu'elle emplissait d'une huile ambrée, puant le musc, s'échappa de ses mains distraites, et s'émietta avec un écrasement argentin sur le carreau, qu'elle fouetta d'une longue tache.

Les joues de la petite devinrent toutes blanches, tandis que, les yeux hagards, elle regardait, sans voir, le flacon brisé sur le sol ; ses lèvres grelottaient ; elle porta une main à sa tempe, où l'artère battait la charge ; à son front une sueur froide d'angoisse perlait.

Et, en haut, on chantait toujours.

Elle ferma les paupières, releva d'un geste large les ondes crêpelées de ses bandeaux, et finit par se ressaisir. Oui, ce devait être cela ! Une idée lui venait que cela sortait des flancs de cette chose bizarre, entrevue la veille dans une petite bière de nouveau-né.

Déjà, prise d'une envie démesurée et folle, elle s'élançait, curieuse, dans la cage de l'escalier, quand Madame Tonsura, apparaissant soudain, lui montra une face rouge et flasque, à tel point congestionnée de fureur, qu'elle recula, peureuse, abritant sa tête sous ses bras, repliés comme des ailes.

— *Canaglia !* c'est toi qui as cassé le flacon d'eau des sultanes ? Mendiante, drôlesse ? Tu n'en fais pas d'autres! Farine du diable !... farine du diable !... C'est trois livres, tu entends, trois livres; et je te les retiens sur tes gages !

— Oh ! non, pas ça, pas ça, je vous en supplie ! gémit la petite, qui se traînait aux genoux de l'affreuse commère. Non, par pitié! cela ne m'arrivera... Le reste se perdit dans un débordement de larmes.

— Si, si, voleuse ! tu paieras !

Sous l'outrage, Zanetta se redressa farouche; renfonçant les sanglots dans sa gorge, elle regarda sa maîtresse en face : il n'y avait pas de pitié à attendre de cette trogne bourgeonneuse et couperosée comme un dessin à la sanguine. Non, décidément, rien ! Alors,

sans une plainte, sans un mot, toute frissonnante encore, elle ramassa les éclats de verre
épars sur le carreau souillé, et, calme, digne,
elle sortit pour se laver le visage à grande eau
dans l'auge de bois de la courette.

Désormais, elle savait ce qu'il en coûtait
d'être étourdie : on ne l'y reprendrait plus,
certes, à payer trois livres un méchant pot
qui ne valait pas quinze sols; et, encore que
le concert des chérubins descendrait du ciel
dans la chambre de Wilhelm, non, elle n'é-
couterait pas; plutôt se boucher les oreilles!

Aussi bien, elle eut le loisir de mûrir dans
sa tête ces résolutions saines ; la patronne, en
effet, ne la quitta pas d'une semelle jusqu'au
souper : la journée tout entière, elle dut demeurer sur son petit banc, le nez baissé,
peignant, crêpant et nattant sans relâche.

Vraiment, le temps ne marchait pas, non
qu'elle eût grand'faim, la pauvrette ! Mais, de
ce long et cruel jour, elle n'avait pas une fois
entr'aperçu l'ami Wilhelm ! Dieu ! que cela
lui durait !

Enfin, elle sonna, cette heure si impatiemment attendue ; mais, en vérité, il semblait que tout fût contre elle : la vieille horloge de Sainte-Marie espaçait ses coups, comme si, au regret de vieillir, elle eût voulu fixer un moment la minute présente.

— Cinq... six... sept !...

Et, tandis que les carillons de la fin s'envolent en notes cristallines dans l'air calme du soir, Zanetta, en quatre sauts, est dehors ; et, s'aidant de la corde grasse qui sert de rampe, la voici en haut, devant la porte de l'aveugle.

Toc ! toc ! Et, sans attendre, fiévreuse, elle se précipite dans la chambre.

— Dites, maître... Wil... helm ! fait-elle, haletante, soufflant entre chaque mot, c'est... vous... qui... chantiez, est-ce p... as ? ce... matin ? Ah ! dites vite, supplie-t-elle, avec une petite piaffe d'impatience.

— Mais, bien sûr, *piccolina*, bien sûr ! Avec ce petit arc de crin, vois-tu, promené de

certaine manière sur les cordes tendues...
Oui, Zanetta, c'est moi qui le mène, et ce
sont mes doigts qui galopent sur ces ficelles
de boyaux.

— Et... Ah! que c'est difficile! C'est si
gros... que cela ne peut passer, et... je n'ose
pas. Vous ne voudriez pas... encore un tout
petit peu?... Oh! je serais si contente!...
faire... comme est-ce que vous dites? Il y a
un mot que je n'ai pas compris. Est-ce italien, ça?

Et voilà qu'avec des sautillements effarou-
chés de pinson becquetant une cerise, elle tire
le violon de sa gaine et le dépose délicate-
ment entre les mains de Wilhelm. C'est une
justice à lui rendre, il ne se fait pas prier.
D'un coup d'archet magistral, il attaque une
marche en mineur.

Zanetta, immobile, bouche béante, écoute,
les yeux écarquillés, la tête un peu inclinée
en avant. Elle ne respire pas, tant elle est
attentive aux mouvements de cette main qui
volette si vite, si légère, sur les cordes sono-

res; il semble qu'elles rient et qu'elles pleu-
rent, à tour de rôle, et toutes à l'unisson
parfois.

Quelle sûreté, quelle ampleur ! Tantôt,
c'est la ronde qui passe, avec l'écrasement
lourd de ses pas dans la nuit; tantôt, le dandinement des ballerines qui frétillent avec un
bruit traînant de souliers de satin et un gazouillis de perles entrechoquées. Puis, la pluie
qui s'égrène et le tonnerre qui gronde, et le
frémissement du vent dans les feuilles. Enfin,
l'embellie ramène le rythme cadencé de la
première phrase, où se mêlent les éclats de
rire, en *pizziccati* aigus, de la fête qui reprend
de plus belle... C'est qu'il joue de toute son
âme, l'artiste ! Un maître *di primo cartello* ne
ferait pas mieux.

Elle, la petite, aspire à pleins poumons,
écoute à pleines oreilles : c'est pour elle tout
un drame que cette marche; la *Coda*, qui
s'épanche en torrents d'harmonie, la trans-
porte. — Mais c'est trop pour une fois ! Elle
étreint à deux mains sa poitrine, près d'écla-

ter; ses yeux se ferment, elle suffoque et tombe à la renverse en murmurant :

— Assez ! assez !... Ah ! c'est bien beau !

VI

Maître Wilhelm n'avait pas été long à s'aboucher avec le chef d'orchestre du café Pedrocchi, grâce à un compatriote poussif, excellent homme de flûtiste, que la chance avait fait client du perruquier.

Là, point n'était besoin de talent, même du plus médiocre : du souffle, de la vigueur, de l'entrain, du brio, telles étaient les qualités requises, et de vrai, vu l'endroit, absolument indispensables.

Jugez-en ! Trois heures durant, sans autre repos que deux courts entr'actes, on soufflait, on raclait, en un jardin éclairé de lanternes vénitiennes, où se réunissait, le soir, dans la saison clémente, la fine fleur des désœuvrés

de la ville ; élégants de province, qui, la bou-
tonnière fleurie, feuilletaient les gazettes en
savourant des *graniti* , ou en sirotant de
grands verres d'*aqua di marena*, et d'eau
claire.

Chaque jour, quelques minutes avant le
coup de sept heures, Zanetta conduisait
l'aveugle à la porte du café, qui faisait le coin
de la rue Neuve ; parfois elle le revenait
prendre après le concert ; parfois l'attendait,
si l'ouvrage chômait par hasard, se collant
dans un angle bien sombre ; et demeurait là,
droite, sans bouger, se faisant petite, toute
contente et très fière d'entendre de loin la
musique de son bon ami !

Elle avait fini par avoir l'ouïe si fine, qu'elle
pouvait dire sans se tromper : cette phrase
est de lui ; c'est son violon qui a lancé, à la
rentrée, cette ritournelle ! Aux *soli*, elle était
tout oreilles.

Mais, au fond, cette musiquette lui plaisait
moins que les airs graves ou tendres qu'il
jouait pour eux seuls dans la chambre ; jamais

elle ne sentait ce certain picotement aux yeux, ce petit froid à la nuque, durant les ouvertures brillantes, les valses, ponctuées du tonnerre cuivré des cymbales. Oh ! non, ce n'était pas sa musique, cela, ces choses si tristes et si grandes qui font pleurer. Elle n'y retrouvait pas ces plaintes humaines, ces mélodies scandées du hoquet des sanglots ; et le rire des trilles, et la moquerie sautillante des *pizziccati !*

Pourtant, elle restait là, indifférente à la fatigue de ses jambes coupées en deux par une longue journée, sans autre répit que les repas mangés sur le pouce.

Ne s'imaginait-elle pas, la folle, que Wilhelm devinait sa présence et que cela lui faisait plaisir, et qu'à la sentir si près de lui, il peinait un peu moins, à racler ainsi sans prendre haleine.

De vrai, c'était pénible, d'autant peut-être que nul n'écoutait et que les nuances, le goût, le doigté, la marée montante du *rinforzando,* les molles caresses du *dolce,* tout devenait

inutile, dans le brouhaha continu des conversations, le choc des verres reposés sur les
tables de zinc, le grincement des cuillers dans
les tasses remuées. Était-ce pas enrageant,
pour le moins, de s'escrimer ainsi de l'archet
en pure perte !

Sans parler des soifs ardentes, excitées
encore par le bruit des sirotements de ces
oisifs, aux lenteurs gourmandes ; sans parler
du galop des fourmis à la saignée du bras, de
la meurtrissure du menton et de la clavicule,
et de ces milliers d'aiguilles qui, sans relâche,
lardaient les jambes engourdies !

Cela avait une fin pourtant, et Wilhelm
revenait, s'épongeant le front ; il était si las,
le pauvre, qu'à peine s'il répondait par un
monosyllabe ennuyé aux questions de la
petite qui partaient comme des feux de file.

A table, il mangeait sans causer, d'une façon
goulue d'affamé, et se glissait bien vite entre
ses draps de grosse toile bise. Ne fallait-il pas
dès l'aube répéter avec le flûtiste les parties
d'orchestre du soir ?

VII

Les premiers temps, Wilhelm avait paru
soucieux, préoccupé, maussade : derrière le
rideau épais d'une résignation lasse, on
sentait toute une vie de larmes, déchirée çà et
là par un éclair de bonheur, qui ne faisait
qu'envenimer davantage la plaie vive des
regrets.

Parfois, aux éternels « pourquoi » de
l'enfant, il avait été près de répondre, la
gorge emplie de mots amers, comme pris
d'un irrésistible besoin d'épanchement dans
un cœur ami : une sotte pudeur, la honte des
pleurs, avaient gelé sur ses lèvres les premières
gouttes, prêtes à couler. Un doute navré avait

bâillonné sa bouche, fruit de douleurs sans
nombre et des méfiances d'une cécité presque
complète.

Nul ne savait son histoire : ce n'est pas que
madame Tonsura n'eût donné gros pour la
connaître. Une fois même, en cette intention
curieuse, elle avait convié l'artiste à un festin,
improvisé tout exprès ; au dessert, l'amphy-
trion, en bras de chemise, un tantinet ému
par une somme ronde de libations de toutes
les couleurs, s'était levé et, après avoir empli
les verres d'un *Capri* de derrière les fagots,
avait porté un toast à la confiance, à l'amitié,
« ces sœurs jumelles!... » Peine perdue !
l'heure des aveux ne devait pas sonner et
c'était vainement que Baldassare avait terminé
la fête par une chanson à boire dont il hurlait
le refrain avec des *soupirs* hoquetés, fort
malhonnêtes :

> Amice, alliegre magnammo e bevimmo !
> Chi sa s'a l'altro munno nc' é taverna ?

Le ménage Tonsura en avait été pour ses

frais : non seulement Wilhelm n'avait ni
« bu ni mangé gaiement », mais il n'avait pas
desserré les lèvres.

— Baste, grogna le perruquier, qu'il reste
boutonné jusqu'au menton, s'il veut ! Pourvu
qu'il paye, je me moque bien qu'il se confesse !

De fait, le premier du mois, l'aveugle
déposait un à un dix billets jaunâtres sur le
comptoir d'étain de la boutique, et Tonsura
de s'exclamer invariablement.

— Hé ! *Santa Madonna*, mon cher artiste,
vous êtes réglé comme l'horloge de la cathédrale !

En réalité, le pauvre homme était fort gêné,
son café lui donnait exactement trente-cinq
livres : là - dessus il fallait payer ses repas,
qu'on lui apportait deux fois le jour d'une *trat-
toria* voisine ; sans compter la blanchisseuse et
l'éclairage dont une chandelle fumeuse formait
l'unique ordinaire. Et le linge, les habits à
remplacer, les cordes à boyaux et la colophane !
Les trente-cinq livres avaient beau jeu !

Ce qui expliquait comme quoi la belle pipe

de porcelaine, en forme d'S énorme, accrochée
par un clou à la muraille, se poudrait d'une
fine poussière blanche, tandis qu'au-dessous,
la blague de soie fanée pendait, vide et plate,
ainsi qu'un sein de femme vieille.

Non certes qu'il n'eût le temps et les
moyens d'augmenter son salaire d'une façon
sensible, en courant le cachet par la ville.

Il était véritablement doué, comme on dit,
jouissait d'une mémoire prodigieuse, qui lui
logeait en la tête la moindre phrase entendue.
Il n'avait guère besoin d'étude, avait un
répertoire à peu près sans limites, tant de
quadrilles que de sonates : airs d'opéra, valses
et concertos mêlés, qui se débrouillaient à sa
guise, et venaient à son appel se ranger
obéissants sous ses doigts. De plus, à l'oreille,
au doigté de l'artiste, il joignait la routine
patiente du maître et les indulgences bonasses.

Mais il se souciait peu de grossir son
« mois, » semblait-il.

Il avait fait son nid dans le fauteuil de
paille : le dos tourné à la lucarne, les pans de

sa redingote soigneusement retroussés, les
jambes croisées l'une sur l'autre, les coudes
aux accotoirs, il y paraissait incrusté, de même .
que dans sa mauvaise fortune. On aurait eu
du mal à l'en tirer, ma foi, c'étaient des
habitudes prises, une existence de cire molle,
exactement coulée dans un moule imparfait,
d'où le diable ne l'eût pas fait sortir !

Il ne se plaignait pas, touchait rarement
à son violon, en dehors des répétitions,
et restait de longues heures, ses mains liées
sur un genou, la tête basse, songeur, et
comme tassé sous le poids d'une destinée
implacable.

En vain *mein Herr* Schmucke, le flûtiste,
gros allemand aux joues ballonnées, semblant
toujours prêt à donner la note, lui avait fait
maintes avances, sous forme de consomma-
tions dans un modeste bouchon des bords de
l'Adige.

Wilhelm, une fois, y avait accepté à souper ;
même il avait paru se plaire, un soir d'août
embrasé, sous ces fraîches tonnelles de vignes

pliant sous les grappes dorées ; et quand son collègue de l'orchestre avait commandé un fin repas arrosé de bière allemande, une espèce de sourire avait éclairci sa face morne ; mais ce n'avait été qu'une lueur, fugitive ainsi qu'une envolée de moineaux dans une haie.

Ils étaient revenus, lestés à souhait, bras dessus, bras dessous, ayant bu et fumé copieusement en silence. Maître Schmucke, en chemin, avait entamé, avec une pointe d'orgueil, l'histoire de ses succès d'artiste, au casino de X***, au cursaal de Z***. De temps à autre, à la fin d'une période, Wilhelm faisait oui de la tête, mais il n'entendait pas, l'esprit ailleurs.

Ni les couronnes de laurier d'or, ni la flûte d'honneur en argent, pas même les félicitations bonhommes de Sa Hautesse le Grand-Duc de K***, n'avaient pu l'arracher à ses rêves douloureux et rappeleurs.

Aussi, lorsque le flûtiste lui avait proposé une nouvelle partie, il avait dit non de la main, et ajouté :

— Je vous remercie bien, mon bon Schmucke : vrai, je vous remercie bien ; mais le
grand soleil fait mal à mes pauvres yeux, ils
ne valent pas grand'chose, vous savez : encore,
faut-il que j'en aie soin !

VIII

Un matin, l'aveugle eut une joie d'enfant :
Zanetta avec la tasse de lait chaud avait posé
sur la table un pot à eau égueulé. où trempait
une botte de fleurs d'un bleu pâle.

— Ce sont des bleuets, avait dit la petite,
des plantes de votre pays, à ce qu'il paraît !
— *Kornblumen ! Kornblumen !* ah ! donne, là,
tout près !

Elle lui avait mis le vase entre les mains,
et Wilhelm, plongeant son visage dans la
fraîcheur odorante des tiges couronnées d'un
bleu diadème, les dévorait de baisers fous,
avec des rires convulsifs de malade.

Ses paupières battaient la charge, avec fré-

4.

nésie, comme lorsqu'il faisait de violents efforts
pour y voir.

Peu à peu il se calma : sa figure était allumée par un plaisir violent, ses traits s'étaient
détendus et toute sa face sévère et glacée
s'était laissée aller dans un amollissement tendre. Ses lèvres étaient agitées d'un balbutie-
ment, et aucun son ne sortait de sa gorge.

Puis cette émotion douce se fondit en une
pluie de larmes. Alors Zanetta était sortie,
sur la pointe du pied, le cœur gonflé d'un
orgueil monstre : peu après, elle l'avait entendu
qui jouait sur son violon un thème naïf et
très lent, bientôt suivi d'un air de bravoure
triomphant.

Ce fut un beau jour pour Zanetta.

Le plus souvent il ne sortait pas, passant
des journées entières à pétrir dans ses mains
moites le portrait de jeune mère, qu'il déta-
chait pour cela de la muraille. C'était sa
société, ce cher cadre. Comment se serait-il
ennuyé avec ce gentil compagnon qui savait
tant de choses de sa vie?

Baldassare n'en revenait pas : ce petit homme, qui ne tenait pas en place, ne s'expliquait point cette existence d'ermite, ou de podagre. Un soir qu'il répétait pour la vingtième fois à son hôte sédentaire :

— Que diable pouvez-vous bien fabriquer, tout seul, dans votre chambre?... Il faut avouer que vous n'êtes guère curieux. Savez-vous qu'il n'y a pas dans toute l'Italie autant à voir que dans Vérone, *canchero*? C'est les Arènes, la place Vittorio Emmanuele, le tombeau de la *Giulietta !* Et les églises, parlons-en des églises ! Il y en a plus de trente, vous entendez? Moi, tel que vous me voyez, je n'en connais qu'une : ma paroisse ; mais vous, un étranger !

L'artiste avait mis un doigt sur ses yeux, et répondu d'une voix légèrement voilée :

— Vous oubliez, monsieur, que je suis aveugle !

Aveugle, il ne l'était point tout à fait encore : la lumière vive le frappait, comme aussi la nuit profonde ; mais ce petit reste de vue se voilait chaque jour davantage. Tel quel, il en sentait le prix et l'économisait en avare.

Au bout d'un mois de séjour dans la ruelle, il savait à merveille le chemin du café Pedrocchi, qu'il reconnaissait aisément au vacarme qu'on menait à l'intérieur, et aux fulgurations tremblotantes de ses cordons de lanternes roses; même, à présent, il s'y rendait seul, et, neuf fois sur dix, rentrait sans autre guide que son bâton, dont il distinguait à miracle les résonnances diverses sur les choses.

Cette manière de faire n'avait pas été, comme de juste, du goût de Zanetta : la petite, chaque soir, mourait de peur jusqu'à ce qu'elle l'aperçût dans la raie blanche qui sortait en pinceau par la fente d'un volet de gargote, au coin de la rue Tornabuoni.

Souvent elle jetait sur ses cheveux en broussailles une mantille, en mainte place reprisée, et s'en allait, ainsi masquée, suivant l'aveugle pas à pas. Ce mystère, la crainte d'être reconnue la tenait oppressée, mais contente, longtemps encore après l'heureuse issue de l'équipée.

Dame! il voulait être obéi, et c'était d'un ton presque sévère qu'il lui avait signifié qu'elle eût désormais à l'attendre à la boutique : il n'avait plus besoin de personne pour le guider par les rues...

Zanetta n'avait pas eu la force de répondre, elle s'était mordu la lèvre au sang, et toute la nuit avait eu la gorge étranglée par de gros sanglots.

IX

Le matin de la Saint-Janvier, qui tombait le 19 septembre, la fillette s'éveilla plus tôt que de coutume ; elle tira de sa petite malle une robe de linon à pois bleus, choisit son fichu le plus neuf, son linge le plus blanc ; glissa dans la poche de son tablier d'indienne deux billets jaunâtres roulés en cigarette, et couvrant sa tête d'une mantille de blonde, présent d'une riche cliente, à petits pas comptés, de peur de chiffonner son costume des dimanches, elle se dirigea vers le marché, qui se tenait précisément ce jour-là sur la place *delle Erbe*.

Peu après, elle montait l'escalier du presby-

tère de la cathédrale, les mains embarrassées
d'un paquet de forme oblongue, enveloppé
d'un journal maculé de taches pourpres, et
sonnait à une petite porte du deuxième étage.

La grande femme sèche et jaune, aux joues
gaufrées de petite vérole, aux bandeaux gris
clairsemés sur un front de cire tuyauté et
comme ruché au fer chaud, qui vint au coup
de sonnette, n'était autre que la tante Herminia, la gouvernante du *signor* chanoine; la
vieille faillit de saisissement tomber à la renverse. Comment! elle, elle ici, cette gamine,
cette éhontée, qui depuis plus de quinze mois
n'avait pas donné signe de vie à sa tante, tout
ce qui lui restait de famille!... Et la dame
était si fort ébaubie, et elle était si émue, si
émue, tant de colère s'amassait dans les mille
petits plis de sa face et au fond de sa gorge,
ridée comme un cou de dinde, que sa langue
bien pendue de commère lui refusait le service tout à coup et qu'elle dut, comme on dit,
prendre un temps.

— M'expliqueras-tu?.... m'expliqueras-tu?

gémissait-elle en soufflant ni plus ni moins qu'un phoque.

— Je désire voir le seigneur chanoine, dit imperturbablement Zanetta.

— Sainte Vierge ! entendez-vous ? Et que lui veux-tu, au seigneur chanoine ?

— Lui remettre ceci.

— Donne alors, reprit la gouvernante, se radoucissant en présence de l'audace tranquille de sa nièce.

— Non pas, ma tante, *cara zia mia*, je le ferai bien moi-même.

— Mais puisque, morveuse, il dit sa messe à la chapelle de la Vierge !

— J'attendrai donc.

Et tandis qu'Herminia, livide de rage, lui jetait d'une poussée la porte sur le nez, Zanetta s'assit sur une marche, tenant précieusement sur ses genoux le paquet mystérieux.

Elle n'était pas là depuis dix minutes, tournant et retournant dans sa tête le compliment appris par cœur, qu'elle entendit l'escalier de bois en colimaçon craquer sous les

souliers vernis, bouclés d'argent, du seigneur
prêtre.

D'un bond elle se mit debout, sans souffler, toute blanche de peur, et sitôt que le nez
rouge, chevauché de lunettes d'or, du chanoine apparut, dépassant la rampe de fer
ouvragé :

— Monsieur le chanoine, fit-elle, je vous
souhaite bonne santé, longue vie, et le paradis dans l'autre monde. Vous vous appelez
Gennaro, pas vrai ? C'est donc votre fête,
aujourd'hui, et voici mon cadeau. Je ne suis
pas riche, vous savez bien ; pourtant, j'ai idée
que cela vous fera plaisir : c'est de bon cœur,
monsieur le chanoine !

Le bonhomme, sous cette mitraille de mots,
eut quelque peine à se reprendre. Relevant
sur son front ses lunettes, il toisa de bas en
haut (besogne aisée, elle était haute comme
une canne de suisse) l'impertinente fillette
qui se permettait, sans crier gare, de lui dé-
charger, à bout portant, pareil souhait d'an-
niversaire ; puis, l'enveloppe du paquet étant

5

venue à bâiller, sa figure un peu rêche se
dérida *subitò* à la vue d'une corbeille d'osier,
où, sur un lit de feuilles de vigne, tachées de
larges gouttes sanglantes, une appétissante
pyramide de mûres noires s'étageait.

— Hé ! Hé ! *piccolina !* qui a pu te dire ?

Et sa bouche énorme se fendit jusqu'aux
lobes aplatis de ses oreilles, tandis que, se
baissant, il envoyait gauchement ses longs
bras pour embrasser Zanetta, qui se laissait
faire de bonne grâce.

Car elle avait son plan, voyez-vous, la fine
mouche, pas trop sottement conçu, ma foi ! et
point du tout naïf pour une si folle cervelle
de gamine. Ah ! elle avait bien changé depuis
l'arrivée de Wilhelm, elle qui n'avait pas
pour deux sous de malice ! Son intelligence,
un peu verte, avait mûri comme ces jolis
fruits grenus dont elle avait fait emplette au
marché ! Et il n'y avait, s'il vous plaît, derrière ce front embroussaillé de mèches re-
belles, ni plus ni moins que la raison d'un
diplomate consommé.

— Mille grâces ! mille grâces ! En vérité...
je ne puis... comprendre... comment il se
fait...

Et le vieux, essoufflé à la fois et de l'ascen-
sion rapide et de l'imprévu de ce compliment de fête, qui, embusqué au haut, avait
fondu sur lui comme un voleur de grand chemin, ne pouvait, à la lettre, coudre deux
idées ensemble.

A la fin, il partit d'un violent éclat de rire,
qui montrait ses dents jaunes, si longues,
qu'on eût dit des manches de couteau ; il
riait d'une voix de crécelle, aigre, cassée,
ainsi qu'un sac de noix sèches qu'on eût secoué. Puis, il se pendit au pied de biche de
la sonnette, au grand émoi de dame Erminia, qui crut, ou peu s'en faut, que le feu
était au presbytère, et poussant dans l'appartement Zanetta confuse et tremblante de
plaisir :

— Ma bonne *Nia*, fit-il, ta nièce est un
ange... ah ! ah ! ah ! un petit... ah ! ah ! ah !
un petit ange. Ah ! ah ! en vérité ! Elle man-

gera avec moi... ah ! ah !... Hé ! friponne, cela te
va-t-il de déjeuner avec le seigneur chanoine?
Ah ! ah ! ah ! ah !

C'était si drôle, que le brave prêtre en pleurait maintenant.

— Mais je crois que oui, pour sûr... oui,
avait répondu Zanetta.

Erminia eut beau faire de grands bras, de
gros yeux et le reste, elle dut, la mort dans
l'âme, mettre deux couverts, ce matin-là, et
voir, en enrageant tout bas, le bonhomme
enchanté couvrir l'assiette de sa nièce des
plus friands morceaux.

La petite fit honneur, il faut le dire, à la
table canonique et à la cuisine vraiment
archiépiscopale de sa tante ; elle s'en mit jusque-là. Les fondantes douceurs des sucreries
chatouillaient son palais, étonné du goût de
ces choses si nouvelles.

On avait commencé par un consommé de
volailles : la première cuillerée lui parut un
velours tiède et parfumé dans la bouche ; puis
la gourmande séquelle des plats avait suivi,

ponctuée de cris de surprise et d'admiration
naïve ; et tout cela était si délicat, si léger,
si bon, enfin, que ça passait sans qu'on
y pensât seulement! Bah! cela ne devait
pas faire de mal, une si succulente mangeaille !

De fait, elle avait un estomac d'autruche,
qui, sans la moindre gêne, se resserrait les
jours de jeûne, et s'emplissait les soirs de bom-
bance : aussi bien, la maladie avait-elle peu de
prise sur ce petit être tout en os, nerveux, et
dur à la peine.

Le chanoine fut amusé par son appétit plus
encore que par ses questions baroques à tout
propos : il lui fit jurer de revenir. C'était bien
là-dessus qu'elle comptait, et quand sa tante,
avec un soupir soulagé, la mit à la porte après
le marasquin, bien que la tête un peu lourde,
elle ne fit qu'un saut jusqu'à la rue de la
Paille.

Il y eut un tel air de triomphe ce jour-là
dans ses yeux pleins de flammes tremblotantes, que madame Tonsura, rôdant autour

du fourneau, où elle faisait chauffer le petit fer
à frisures, l'épiait d'une mine sournoise et
pensait :

— Quel mauvais coup a-t-elle manigancé
encore, la drôlesse?.., Farine du diable tourne
en son ! Hé !

X

Wilhelm obtint, juste un mois jour pour
jour après la saint Janvier, une place de troisième violon à la maîtrise de Santa Maria
Matricolare. La bonne nouvelle le vint trouver
un matin qu'il s'escrimait des mandibules
contre un plat de pois chiches, accommodés à
l'huile de noix, régal des plus maigres pour
un estomac Rhénan.

— Maître Wilhelm! maître Wilhelm!..
une... une... lettre!

C'était Zanetta qui criait de l'allée; et déjà
elle ouvrait la porte, tenant à deux mains une
large enveloppe jaune, à tournure officielle.
Elle la posa devant l'aveugle sur le verre vide,

qu'elle couvrait tout entier avec de faux airs
de patène sur un saint-ciboire.

L'artiste la prit, sans frayeur comme sans
joie, et la retourna dans tous les sens, palpant
le contenu, distrait : qui diable pouvait lui
écrire ? Puis, la replaçant sur la table, il
songea longuement : par qui se la ferait-il lire ?
Zanetta ne savait ni A, ni B.

— Baldassare, parbleu ! dit-il en se frappant
le front ; et il descendit aussitôt d'une marche
prudente, les mains aux murs.

Tonsura était précisément en pleine coupe
de cheveux, et quelle coupe ! Il se démenait :
on eût dit qu'il dansât la pyrrhique, sautant
de droite à gauche, par petits bonds, avec des
ronds de jambes du plus piquant effet.

Les ciseaux, dans ses doigts agiles, semblaient voler, faisant une musique de claque-
dents ; il coupait, rognait de ci, de là ; et, à
chaque coup, sautait une mèche noire qui
s'étalait, floconneuse, sur le carreau.

C'était pour sûr un spectacle admirable : le
perruquier piaffait, il fallait voir, avançant,

reculant, avec des glissements gracieux du pied, s'éloignait, puis se rapprochait encore, la tête penchée sur l'épaule, afin de mieux juger de la perfection de son œuvre. Parfois, d'un geste sec, il fichait son peigne de corne blanche dans sa crinière luisante, coiffée en coup de vent.

Aux premiers mots de l'aveugle, il l'avait toisé d'un air de pitié dédaigneuse, sans lâcher sa besogne, puis :

— Tout à l'heure, mon cher musicien ! un peu de patience, *per Dio !* avait-il dit, fâché. Est-ce que je viens vous interrompre, moi, au beau milieu d'un opéra ? Ainsi faites, *diavolo !* Entre artistes, on se doit des égards.

Force fut à Wilhelm d'attendre ; chaque coup de cisailles déchirait le cœur de Zanetta, qui, muette, dans un coin, assistait à la scène, et, rageuse, tordait en corde le coin de son tablier à mille raies.

Tonsura, lui, ne se pressait pas, fier d'avoir un public : rien ne fut épargné au crâne du patient, qui se trouvait être un domestique de

5.

place, de fort piètre apparence, qui ne comprenait goutte aux attentions dont il était l'inconscient objet.

Pas un coup de brosse, pas un coup de fer ne fut omis. Baldassare, les manches troussées jusqu'aux coudes, mastiquait de pommade à la rose la toison crêpue du client.

— *Ecco !*

Enfin ! c'est fini ! Il contemple, attendri, son ouvrage, le polit, le retouche encore, coupe ici une boucle trop. longue, ramène là du peigne une mèche rebelle.

— *Ecco !* Je suis à vous, très cher !...

Il ouvre la lettre et lit :

« Le maëstro Cascabello, chef de la maîtrise du *Duomo* de Vérone, porte à la connaissance du maëstro Wilhelm qu'à dater de ce jour il fait partie de la chapelle, en qualité de troisième violon, aux appointements de soixante livres par mois. »

— Soixante livres, clame le bouillant barbier, imprimant aux ciseaux encore accrochés à son pouce un mouvement de gracieux

moulinet. *Bravo ! bravissimo ! Evviva il
maëstro Wilhelm !* Hé ? qu'est-ce que je vous
disais ? Que vous aviez tort de vous cloîtrer
ainsi, comme un franciscain ! La modestie a
du bon, mais on sait ce qu'on vaut, mille
diables !

L'aveugle n'en pouvait croire ses oreilles ;
il était là, sans voix, riant d'un rire niais
d'aliéné. Soixante livres : une fortune ! du
tabac tous les jours, et... le reste ! Il pelotait
les mains grasses de Tonsura dans les siennes,
le remerciait, en pleurant, comme si l'autre
eût gaulé l'arbre d'où lui tombait pareille au-
baine ! La patronne, mise au courant, serra
l'aveugle sur sa fondante poitrine, et, carrément, posa deux baisers aux joues de « son
bon jeune homme, de ses chers petits boyaux »,
comme elle disait.

Zanetta, dans son coin, les yeux en coulisse,
ne prenait pas sa part de cette grosse joie-là ;
même son air sérieux, ses lèvres pincées, sa
mine rogue... Serait-elle jalouse, par hasard,
de ce bonheur, qui éclatait comme une bombe

dans l'échoppe ?... Non ; c'est qu'elle pensait, la pauvre mignonne :

— Wilhelm ne saura jamais, jamais, que c'est à elle qu'il doit cette place à la maîtrise, à elle toute seule, vous entendez. Comme si c'était vraisemblable, en conscience, qu'une pareille mauviette...

Et elle s'enfuit dans l'allée pour cacher ses yeux pleins de larmes.

XI

— Nous ferons route ensemble, alors! J'ai justement une mariée à coiffer derrière la cathédrale!

Ainsi parlait Baldassare, pendu au bras de Wilhelm, qui, son violon à la main, s'acheminait vers l'église.

Profitons de leur absence pour visiter à nouveau son logis : montons, si vous le voulez bien. Zanetta, qui a terminé le ménage, se colle, toute rougissante, contre la muraille. pour nous laisser passer.

— Attention à l'avant-dernière marche! nous crie-t-elle d'en bas, elle branle comme une vieille dent!

Nous y voici, et sans dommages, grâce à l'avertissement de la petite. J'entre le premier afin de vous montrer le chemin : la clef est sur la porte ; on ne craint pas les voleurs, paraît-il ; il y a peut-être des raisons pour cela.

Êtes-vous comme moi ? J'ai grand mal à retrouver dans cette chambre le cabinet maussade entrevu au chapitre III : le carreau, couleur de cire jaune, est propre et luisant, pas moins qu'une étable hollandaise.

Le lit moelleux, couvert d'une housse bien blanche, où s'affaisse un édredon de coton rouge, les chaises en bon ordre, le fauteuil rempaillé de neuf, l'armoire en noyer poli, le haut pupitre chargé de musique, la petite glace encadrée d'acajou, la lucarne, elle-même, avec ses carreaux très nets, irisés par les pâles rayons d'un soleil d'octobre, tout respire aujourd'hui l'aisance et l'intérieur aimé.

Sur la table, habillée d'une nappe bise à liteaux rouges, le dîner est servi dans de gaies assiettes de faïence à fleurs : rien n'y manque, depuis les tranches minces de mortadelle jusqu'au parmesan râpé dans une barquette de porcelaine. La bière blonde mousse dans la dame-jeanne. Quelle est la fée qui a opéré ces changements ?

Hâte-toi, maître Wilhelm ! Il y a là de quoi apaiser la faim la plus gourmande. Une mère n'aurait pas fait mieux : car, avez-vous remarqué cette gerbe de roses, les dernières de l'année, qui trônent en belle place au centre du couvert, imprégnant l'air du charme suave et frais de leur parfum ? Quel raffinement !

Non loin des fleurs, le tuyau recourbé de la pipe allemande soulève le couvercle d'étain d'un large pot de grès blanc, rempli d'un tabac couleur de châtaigne. Il n'est pas jusqu'au portrait, encadré de vieux chêne, qui n'ait son clou à la tête du lit.

En vérité, la métamorphose est complète ; c'est grand dommage, ô Wilhelm, que tu n'aies point ta part de cette fête des yeux !

Mais vous plaît-il de redescendre ? L'aveugle ne peut tarder à rentrer. Voici midi qui sonne aux églises, et Zanetta s'en vient, sur la pointe du pied, passer l'inspection de sa table !

Elle pousse un plat, change de place une assiette, installe le fauteuil le dos à la lumière, et, tirant de sa poche un petit pain doré, elle le glisse sous la serviette — le coin de sa lèvre rouge retroussé par un sourire indéfinissable.

XII

Décidément, Tonsura était charmé de son locataire; il s'en léchait les doigts, à la lettre. Cela le posait dans le quartier, de posséder dans son immeuble un personnage de cette importance. Pensez un peu : le troisième violon du Dôme, et le soliste de « Pedrocchi ! »

C'étaient des titres, cela, faits pour chatouiller agréablement l'épiderme vaniteux d'un propriétaire, doublé d'un perruquier.

Outre qu'il payait, comme on dit, rubis sur l'ongle, il faisait, cet aveugle, les délices de la maisonnée, avec son violon qu'il savait mettre à la portée des plus humbles comme des plus fins *dilettanti*.

Baldassare balança même, toute une semaine, à augmenter d'un bon tiers le loyer
du bourgeois mitoyen de l'artiste; or, celui-
là, absent neuf jours sur dix, profitait assez
peu d'un si harmonieux voisinage. Mais pareil
honneur, sinon pareil plaisir ne devait-il pas
se payer?

Aussi, encore que l'aveugle fût un piètre
client du « salon de coiffure » (il portait longs
les cheveux et la barbe, et n'usait guère en
trois mois un savon de six sous), Tonsura lui
passait la main sur l'échine avec des mines
impayables, l'appelant son « cher violoniste », son « maître vénéré », son « meilleur
ami ».

Une fois même, après un dîner dans un
restaurant du Corso, offert par Wilhelm à ses
collègues profanes et sacrés, notre perruquier,
plus qu'aux trois quarts gris, ne s'était-il pas
avisé, les coudes sur la table, de tutoyer
l'artiste?

Semblable expansion n'avait pas éveillé
d'écho au cœur de celui-ci, qui y avait ré-

pondu sans chaleur. Du coup, il passa grand
homme aux yeux de Baldassare, qui avala
cette piquette d'indifférence à l'instar d'un
grand cru de dédain supérieur, quelque peu
alcoolisé de protection hautaine. Il lui éleva,
dans son for intérieur, un piédestal de gloire,
où il le mit debout, comme à la seule place
digne de son génie.

Sa bonne foi d'ailleurs était parfaite, et il
eût fait beau voir quelqu'un de ses commen-
saux douter de sa parole. Wilhelm était, sans
conteste, le premier violon du royaume ! Que
dis-je, du royaume ? de l'Europe, pour le
moins ! Cette innocente manie cajolait sa
superbe, et il n'était pas loin de se croire, lui
qui logeait un si grand homme, quelque peu
grand homme aussi.

De méchantes langues assurent bien qu'il
passa de longues heures à rédiger en style
cavalier, sur papier ministre, la formule d'une
adresse au *Re galantuomo*, par laquelle il ré-
clamait, pour son locataire, la croix de com-
mandeur de S. S. Maurice-et-Lazare, avec

la charge de premier violon de la Cour, sans
oublier d'ailleurs pour lui un petit bout de
liséré de... n'importe quoi ; mais la preuve
en est encore à faire.

Quant à Wilhelm, ses joues avaient repris
la livrée rose et les pleines rondeurs de la
santé ; il avait fort bon air, vraiment, dans
ses habits de drap neuf bien luisants et son
linge soigneusement empesé : c'était quelqu'un.

Dans la rue, les marchands, sur leurs portes, le saluaient, avec une pointe de respect,
d'un cordial « bonjour, maître Wilhelm »,
gros comme le bras, et ne se formalisaient en
rien s'il ne leur rendait pas leur salut : émus
d'une pitié très humble pour ce pauvre aveugle, homme de génie !

Sa vie était quasi heureuse, à présent : levé
à sept heures, il fumait une pipe à sa fenêtre,
encore tout enguirlandée de capucines ; puis,
les jours de répétition, bien lesté d'un bol de
café au lait et de rôties beurrées et croquantes,
il se dirigeait, à petits pas, vers le Dôme.

Comme il était bon catholique, il y restait des heures entières, sa partie achevée, bercé sur les ondes sonores des orgues, savourant les fadeurs de l'encens et la tiédeur des nefs surchauffées. Au coup de midi, la faim le ramenait au gîte.

La journée était prise par quelques leçons, que son renom d'habile homme lui avait procurées dans le quartier. Zanetta, d'abord, l'accompagnait; peu à peu, il y était allé seul. En vérité, sa canne avait un œil au bout; elle savait reconnaître un angle de rue, un mur crépi de certaine façon, une porte, un pavé, un trottoir.

Il distinguait la rue Neuve à ses larges blocs de granit poli; la place aux Herbes, à ses briques placées de champ, et les ruelles des faubourgs, à leur cailloutis très serré de galets pointus. Il ne se trompait pas, comptant les enjambées, disant :

— C'est telle rue, tel numéro.

Chez ses élèves, pour la plupart enfants de boutiquiers aisés, il était accueilli à merveille.

On le plaignait. On faisait, d'un accent contrit : « le pauvre homme ! » et il y avait toujours, à la fin de la leçon, un verre d'*agro di cedro*, ou une grappe de raisin pour rafraîchir le maître.

A sept heures, il soupait, et le reste de la soirée était sien. Car il avait renoncé au café et à sa musique de bastringue, indigne d'un artiste de sa sorte.

Alors, c'était fête dans la ruelle : chacun mettait le nez à la fenêtre, les vieux, les jeunes ; même parfois des couples d'amoureux s'en venaient, à la bonne franquette, danser devant la porte.

Le barbier, lui, faisait la roue, sur son banc, aspirant à petits coups l'âcre fumée d'un *virginia*, long d'une demi-aune.

Après les « la, la, la » de l'accord, Wilhelm attaquait soit une marche hongroise, tourmentée ainsi qu'un rêve de malade, soit un andante de Mozart, soit encore un air de danse de Chopin, au rhythme bizarre et heurté.

Et c'étaient des *brava ! brava !* des battements de mains qui claquaient en mesure tout le long — le long de la rue de la Paille, et se répercutaient en échos sans fin.

Ces soirs-là, Zanetta se claquemurait dans l'arrière-boutique; et, sauvage et jalouse, pour ne point entendre le concert de la ruelle, elle enfonçait ses doigts dans ses oreilles.

XIII

— Ah ! je vous en prie , maître Wilhelm,
emmenez-moi ! Je serai sage, je me cacherai
derrière les soufflets de l'orgue ; je suis si
mince ! et je n'en bougerai pas !

— Soit ! si cela t'amuse, petite !... Donne-
moi ma canne, tu porteras mon violon.

Zanetta grillait d'envie d'entendre, de tout
près, une messe en musique ; vingt fois en
vain elle avait supplié l'aveugle, qui, le respect humain ayant poussé avec le grade,
craignait un peu de se compromettre là-bas,
dans cette atmosphère de sacristie fade, en
compagnie de cette espiègle, dont les yeux
faisaient le tour de la tête...

Et voilà qu'il cédait à présent! Pourquoi?
Il eût été fort en peine de répondre; peut-
être, ce matin-là, son café à la crème était-il
plus délicat que de coutume, les rôties plus
croustillantes, son tabac plus sec et plus parfumé! En ce bas monde, combien de gros
effets n'ont pas de moins petites causes?

Bref, ce « oui » lui était échappé. Et puis,
après? le mal était-il si grand? si tant est
qu'il y eût mal encore. N'était-il pas aveugle,
enfin?

C'était par une triste matinée des premiers
jours de novembre; le ciel, tout embrumé de
vapeurs d'un ton de suie, semblait une voûte
sombre, soutenue par de massifs piliers de
brouillard : la pluie tombait serrée, avec un
crépitement lent et monotone.

Zanetta dut revêtir sa cape noire qui l'enveloppait jusqu'aux pieds; elle était charmante
ainsi, le capuchon, rabattu sur son front, ne
laissant à découvert qu'un petit bout, gros
comme ça, de son frais minois, son nez droit
et fin, aux ailes transparentes, le tout à demi

6

mangé par ses yeux, en forme de coquilles,
légèrement relevés près des tempes. Elle portait le violon d'une main ; de l'autre elle tenait
sa mante trop longue, assemblée en un gros
pli par devant.

Les passants, qui se hâtaient sous les parapluies glacés d'eau, lui jetaient à la volée un
coup d'œil pas malhonnête : on la lorgnait,
vraiment, et elle commençait à s'en apercevoir,
la gamine ! Et cela ne la fâchait point qu'on
la trouvât gentille ; parfois elle répondait par
un sourire hardi d'ignorante et naïve ingénue ;
mais en dedans elle pensait :

— A quoi bon de n'être pas laide à faire
peur, puisqu'il ne le sait pas, lui ?

Cependant, à force de patauger dans les
flaques, voici qu'on était arrivé, crotté comme
des barbets, devant la cathédrale, au vaste por-
tail sévère en briques d'un rouge éteint de
vase étrusque ; grimper quatre à quatre l'escalier en tire-bouchon de la tribune, étendre sa
cape trempée sur un pupitre vide, secouer ses
cheveux emperlés de gouttes ruisselantes et se

blottir derrière les soufflets au repos, ce fut tôt fait, je vous jure !

Puis, retenant son haleine, oppressée par la montée rapide, toute heureuse et tremblante à la fois, elle resta là durant le service funèbre ; les clameurs tonnantes des orgues la remuaient comme une feuille, du haut en bas, et la douceur des hymnes, les susurrements des violons, les voix profondes des solistes et la suavité aigüe des chœurs d'enfants l'emportaient loin, bien loin, ravie, dans une extase folle. Il lui semblait quitter la terre, et s'envoler tout en haut, par delà les nuées.

— Bien sûr, ce n'est pas autrement au ciel se disait-elle.

Puis les sanglots déchirants du « *Dies iræ* » l'arrachèrent à son rêve d'envolement ; un froid la prit jusqu'à la racine des cheveux et ses épaules furent remuées par un long frisson d'épouvante.

Enfin, les voix se turent, les ronflements des orgues s'éteignirent, il se fit un grand silence, à peine troublé par le frottement sourd des pas sur les dalles, et le froissement des parties d'orchestre roulées par des mains agiles. Déjà elle s'était mise debout pour rejoindre Wilhelm, quand soudain une large paume s'aplatit assez rudement sur son dos, et elle entendit ces mots chuchotés en un ton . majeur bien connu :

— Eh bien, *picciola*, es-tu contente?

Elle leva les yeux et rencontra, non sans un peu de frayeur, qui fit entrechoquer ses dents, le visage glabre et rasé du chanoine. Ah! le bel emportement de tendresse qui la jeta, attendrie, aux genoux du prêtre !

— Oh oui, monsieur le chanoine, oh oui ! je suis contente, répétait-elle, sans se relever, mangeant de baisers le passepoil rouge de la soutane.

Wilhelm, qui passait, son violon sous le bras, reconnut la voix de Zanetta ; et, palpant le petit corps agenouillé :

— Est-ce toi, fit-il?

Brusquement, comme prise en faute, la fil-

lette, se dressant, mit un doigt sur sa bouche
en regardant le prêtre, et, avec un adieu des
paupières, elle prit la main de l'aveugle.

Soit que le chanoine n'eût pas compris le
geste de l'enfant, soit qu'une malice point
mauvaise le fît désobéir :

— Savez-vous bien, monsieur, dit-il à
Wilhelm, que votre petite compagne est, ni
plus ni moins, un trésor? M'est avis même
que vous n'en soupçonnez pas tout le prix, car,
en bonne catholique, sa main gauche ne voit
point ce que donne sa main droite. Mais les
très saints Évangiles nous enseignent qu'il faut
rendre à César ce qui est à César. Tant pis!
Je la dénonce, continua-t-il sans prendre
garde aux regards suppliants de la jeune fille;
apprenez, monsieur, que c'est grâce à elle que
vous faites partie de notre maîtrise. Elle a
brigué pour vous la place et s'y est *affè di Dio!*
si bien prise, qu'il n'y a pas eu moyen de dire
non. — Est-ce vrai, mademoiselle la renfer-
mée?

Zanetta baissait obstinément les yeux, et ses

6.

joues étaient plus rouges que la robe du saint
Jean sur les verrières de l'abside. . . . . .

Ce soir-là, Wilhelm ferma sa croisée. Et
bien que le ciel fût clair et la soirée charmante, on ne dansa pas dans la ruelle.

XIV

Le lendemain, quand vers sept heures l'artiste s'éveilla, il se sentit la tête lourde, l'esprit engourdi, la bouche mauvaise d'une nuit troublée par le piétinement processionnel des rêves, et les soubresauts des cauchemars. Il ne se rappelait rien; pourtant il avait gardé comme un reflet de vision douloureuse, entrevue, confuse, dans le gris floconneux d'une brume d'automne. Peu à peu la mémoire s'alluma dans cette nuit ainsi qu'une étoile : il avait versé d'abondantes larmes en dormant; l'oreiller en conservait encore la trace humide.

Il se lava le front à grande eau pour secouer cette pesanteur gênante ; rejetant d'un geste

las ses longs cheveux annelés, il s'approcha de
sa table et chercha longue.nent, palpant la
toile cirée de ses mains étendues.

— C'est drôle, murmura-t-il, il était là hier
au soir. La Zanetta l'aura changé de place.

Il fit le tour de la chambre, s'aidant du dossier des sièges. Mais en vain il fureta dans
tous les coins; et deux plis se creusaient aux
commissures de sa bouche, quand un coup
sec frappé à la porte lui fit pousser un « ah! »
satisfait.

— Entre, entre vite !

— Suis-je en retard? interrogea la fillette,
qui de ses bras largement arrondis soutenait
un plateau de tôle peinte où fumait une tasse
pleine.

— Ai-je dit cela?... Non... Où diable as-tu
fourré mon tabac, Zanetta ?

— A l'endroit accoutumé. Vous ne le...

Elle se mordit les lèvres, elle avait failli
lâcher un « ne le voyez-vous pas? » Par
chance elle s'était arrêtée en route.

— Tenez, maître Wilhelm, le voici, il est
tout frais d'hier matin...

Baste ! elle aurait pu en dégoiser comme
cela pendant une heure, l'artiste ne l'écoutait
pas ; les coudes sur la table, mollement enfoncé
dans son fauteuil, il sirotait à petites gorgées
le café à la crème : l'odorante pyramide de
rôties blondes diminuait à vue d'œil sur
l'assiette.

— Est-il bon aujourd'hui, fit Zanetta qui
avançait curieusement la tête, le corps penché
en avant, les paumes à plat sur ses hanches.

— Exquis. Tu n'y a pas mis de cassonade,
hein ?

Elle répondit par une moue malicieuse, et
sa main dans sa poche faisait carillonner les
gros sous, rendus par l'épicière sur le prix du
sucre blanc.

— Vous n'avez pas besoin de moi, maître ?
Alors je file, il y a de l'ouvrage pressé en bas,
un tour de cheveux à assortir.

Et, gracieuse, elle pirouetta sur ses talons,

en lui jetant un long regard humide et quasi maternel...

De fait, elle se saignait aux quatre membres, la pauvre enfant : un petit trésor, économisé pièce à pièce pour l'achat d'une parure, ses maigres gages de chaque mois, tout fondait en cigares, pains mollets, bière brune ou blonde, menus objets de toilette, pour lesquels elle ne recevait souvent pas même un banal « merci », et par là-dessus, elle se tuait de besogne.

La tante Erminia lui avait appris un peu de couture ; car, depuis le fameux dîner chez le chanoine, la gouvernante la ménageait. Pour ne rien taire, confessons que la fillette avait deux ou trois fois, en fine politique, complété de sa poche certain *ambe* que sa tante arrosait avec une constance digne d'une chance meilleure, bien qu'il fût composé, d'après une recette infaillible, du numéro du presbytère, joint au nombre de pépins d'une orange mangée par le chanoine à son souper, le vendredi-saint.

Le linge, les vêtements de Wilhelm, elle
raccommodait tout : bien malin qui eût trouvé
le fil de ses reprises perdues ! Bref, c'était
pour lui la meilleure et la plus dévouée des
servantes, une nourrice et une maman tout
ensemble.

D'abord il s'était récrié : il pouvait, Dieu
merci, se suffire à lui-même ; mais, petit à
petit, il s'était fait à cette vie grasse et calme,
où l'ombre d'un tracas lui était épargné.

Il avait glissé, peu à peu, à la douceur de ce
nid si chaudement capitonné. A peine ouvrait-
il la bouche, son désir était deviné, et lorsqu'il
songeait à réclamer un service, il y avait beau
temps déjà qu'elle l'avait devancé, la malicieuse
fille !

Comme il était gâté, choyé, dorloté ! avec
quel soin, quel flair, elle allait au-devant du
plus mince caprice, lui évitant jusqu'à la
reconnaissance de ces attentions câlines, par
la cachotterie raffinée dont elle les couvrait.

Sous couleur qu'il mangerait plus chaud
et à heure fixe, n'avait-elle pas imaginé

d'apporter elle-même ses repas de la gargote
voisine ? C'était une manière d'augmenter
discrètement les portions. Chez la rôtisseuse,
elle prenait une cuisse de volaille, chez la
fruitière, quelques légumes choisis et tout
accommodés, une figue pansue ou une
orange ; et, chaque matin, en lui remettant
son petit pain blanc, le boulanger faisait une
coche à sa marque de bois tendre.

En avait-elle brodé de ces blagues, de ces
bourses de soie, raidies par les parfilages de
perles nuancées, de ces calottes à gland flasque,
de ces coussinets pour préserver l'épaule de
l'angle coupant du violon appuyé !

Elle pensait à tout, cette petite fée, s'ingé-
niait, se mettait en quatre. Elle était si vive,
si vive, elle avait si tôt fait cent tours,
que le ménage Tonsura ne se plaignait pas.
Bien au contraire, jamais il n'avait été mieux
servi : chaque chose bien à sa place, la
boutique nette comme une chapelle, et avec
cela pas de bruit ; elle ne marchait pas, elle
volait. Une vraie petite fée, je vous dis.

Ah ! c'est qu'aussi elle avait renoncé aux
promenades, aux courses folles sur les gradins
glissants des Arènes : plus jamais elle n'allait
goûter chez les revendeuses, ou galopiner
dans la ferraille mangée de rouille des boutiques.

Plus de longues stations devant les étalages
des modistes ; se souvenait-elle seulement de
leurs inventions charmeuses de chapeaux
étincelants des mille facettes des jais, de ces
fêtes de coiffures tremblotantes, piquées çà et
là d'une aile de colibri, d'un pouff de dentelle,
ou d'une tête de faisan de la Chine ? Elle avait
dit adieu, non sans une pointe de tristesse,
aux devantures des mercières, et à leurs
kilomètres de rubans, moirés de toutes les
nuances du prisme, qui s'enroulent comme
des serpents à la peau changeante, et semblent,
dans leurs anneaux satinés, vouloir enlacer les
désirs des femmes et les envies furieuses des
petites filles ; adieu aux boutiques d'orfèvres
et aux flammes tentantes des pierres, qui
brillent comme des prunelles ; adieu aux

7

vitrines des *conditorei*, et à leurs cathédrales
de plâtre, où brûle une veilleuse, et aux cha-
toyantes séductions des glaces, où se reflètent
des régiments de flacons et de bocaux, pleins
de choses colorées et friandes.

Tout cela était bien fini; et ça lui paraissait
si vieux, si lointain, ces souvenirs, qu'à peine
un pâle sourire tirait le coin de sa lèvre, si
elle regardait en arrière la route parcourue.

Elle ne regrettait rien pourtant, ni les
siestes silencieuses dans le vacillement des
barques sur l'Adige, ni l'odeur capiteuse des
fleurs des jardins, ni ce joli vagabondage,
cette bohême toute riante et toute chantante
d'abandonnée.

Qui la reconnaîtrait aujourd'hui, sans une
tache à son corsage, plissé à la vierge, sans un
accroc à sa jupe aux plis droits, marchant à
pas comptés, les bras croisés, l'air timide,
elle qui jadis bondissait comme un cabri?

L'ovale de sa figure s'était encore allongé,
affiné par une préoccupation affairée et songeuse; sa bouche un peu tombante portait le

sceau d'une maternité sérieuse. Son front s'était lacé de petits fils rosés, striés de creux d'ombre. Cela jouait à présent la portée de musique : les cinq lignes étaient au complet ; même un petit grain noir, à cheval sur la troisième, y prenait des airs de bémol. Et sous le cercle bleuâtre qui les encadrait, ses yeux noirs énormes brillaient d'un éclat fiévreux, comme une lampe d'église, dans le clair-obscur d'un porche ouvert à deux battants.

Il fallait l'entendre parler de Wilhelm ! Une mère, endormant son dernier-né, n'a pas de notes plus tendres, plus émues, plus câlines.

Le « déjeuner de Wilhelm », la « redingote de Wilhelm » gonflaient ses joues d'une importance comique et bouffie. On eût juré qu'il s'agissait d'un frère cadet, qu'elle s'était mis en tête d'élever, cette petite femme de quatorze ans !

XV

Le café est bu jusqu'à la dernière goutte ;
plus que des miettes blondes sur l'assiette aux
rôties.

Wilhelm a décroché sa pipe de porcelaine,
et la charge méthodiquement, religieusement,
avec de petits coups de pouce qui enfoncent,
sans trop les fouler, les minces rubans de
tabac châtain clair. Il allume, à présent; ce
n'est pas la cérémonie la moins délicate.

... C'est fait; il disparaît dans une nuée
grise, légèrement bleutée ; la fumée sort de
sa bouche en longs jets pressés, qui s'épar-
pillent, se coupent, s'enroulent et se confon-
dent avec les auréoles du fourneau, que ferme
un casque d'argent.

Il s'est renversé dans son fauteuil, maître Wilhelm, et il fume, il fume comme un steamer en partance.

A quoi peut-il bien songer? Songe-t-il seulement? ou sa pensée sommeille-t-elle, engourdie par les âcres vapeurs du tabac?

Parbleu! voici qui est étrange!... La pipe s'est-elle éteinte? C'est à peine si quelque fumerolle s'en échappe à de longs intervalles.

Hé! Wilhelm, tu dors?...

Non, pourtant. Un profond soupir a soulevé ses mains croisées sur sa poitrine, et ses paupières clignotent et tremblotent, comme s'il voulait mettre ses yeux au point... Et voici que deux grosses larmes coulent lentement, à regret, sur ses joues roses, si grasses et si pleines.

Elles ne savent plus le chemin, les pauvrettes! et cherchent en vain une ride, une crevasse où se blottir. De ci, de là, au hasard, elles roulent sur les rondeurs polies du visage, et se vont perdre dans les touffes soyeuses de la barbe.

Quoi ? tu pleures ? Tu pleurais ainsi le jour de ton arrivée à Vérone, quand, le masque hâve et brûlé par la fièvre, tu t'es laissé aller dans ce même fauteuil avec une plainte si navrante et lassée !

Tu as bien changé en trois mois, la santé est revenue avec l'aisance : troisième violon à la cathédrale, il te faut fermer ta porte à la foule d'élèves, jaloux d'étudier sous un pareil maître. Tu dors dix heures tout d'un somme, l'appétit est à l'unisson du reste, et je me suis laissé dire qu'en te rendant à tes affaires, on t'entend siffler la musette d'une vieille, vieille gavotte de Sébastien Bach... Ah ! ne le nie pas, je le tiens de bonne source : ce qui prouve d'ailleurs que tes digestions sont aisées.

Souvent, tu vas dîner par la ville, soit chez de riches bourgeois, parents de tes élèves, soit en allemande compagnie, dans un restaurant, non des pires ; et là, comme ici, le vin est bon, la bière est mousseuse, la table abondante et choisie.

Si le cœur t'en dit, par un tiède soleil, tu

sors de la ville et gagnes les champs ; s'il fait
chaud, tu t'asseois à l'ombre, sous une treille,
et tu trouves toujours au fond de ton gousset
de quoi te gargariser la bouche d'une bouteille
d'*Asti* muscat...

Las ! la pipe est morte, bien morte ! les
pleurs chassent les pleurs, et tous maintenant
suivent la même sente parallèle, profondé-
ment creusée dans la bouffissure des chairs.

A quoi pense donc Wilhelm ?

Le tuyau de corne recourbé s'est échappé
de ses lèvres, qui sanglotent, et le fourneau
de porcelaine blanche, où se promenait, en
bonne fortune, un bleu chasseur de Pomé-
ranie, s'écrase en mille miettes sur le carreau.

A quoi pense Wilhelm ?

Est-ce à ce petit portrait de femme, accroché là-bas dans son cadre sculpté en dentelles ?

Non, non ; l'aveugle voit clair à présent
dans sa vie : le brouillard qui l'enveloppait
s'en est allé avec la fumée bleue du tabac.

Quoi ? C'est aujourd'hui seulement qu'il

comprend toutes ces choses, qu'il a mis un nom à cette main mystérieuse, d'où lui sont venus présents et surprises et gâteries? Et lui qui mettait l'incognito de ces tendresses au compte du ménage Tonsura.

Oui, c'est comme cela : cette mégère haute en couleurs, lippue, pansue, joufflue, vrai carabinier pour la stature et pour le verbe, cette harpie, stérile et jalouse et hargneuse, l'a bel et bien enguirlandé avec sa mine doucereuse de brave femme, confite en perfections.

Baldassare, lui aussi, ce hâbleur, ce vantard, qui ne lui ferait pas crédit d'un centime, l'a pipé, comme on dit, avec son faux nez de bonhomme ! Mais, alors... Et l'aveugle, remué par de gros hoquets sanglotants, tressaute sur son fauteuil. Sa conduite avec Zanetta est tout bonnement abominable. Une martyre, cette bambine ! Où avait-il donc l'esprit, qu'il n'avait rien deviné pendant ces quatre mois de séjour à Vérone ? Remonter à la source de ce dévouement de tous les jours, de toutes les minutes, de ces soins quasi maternels, la belle malice !

A son âge, lui, un homme, plein de force encore, malgré ses yeux fermés, capable enfin de gagner sa vie, de nourrir même une femme et une ribambelle de mioches, s'être laissé dorloter et gâter par une fillette de quatorze ans, une morveuse ? Mais, *der Teufel !* c'était le monde renversé !

Était-ce pas lui, plutôt, qui eût dû la protéger contre les âpres rancunes de sa maîtresse, et l'aimer, et la câliner, cette petite chatte, ou au moins la payer d'une monnaie quelconque ?

Pourtant il se disait qu'une tendresse pareille ne pouvait pas être vénale ; il fallait rendre alors dévouement pour dévouement, et gâterie pour gâterie.

Vraiment, il était un grand misérable, pas moins ! Comment ! il avait là sous la main un amour de fillette, qui le bourrait de prévenances, et il ne s'en doutait pas plus que si elle n'eût pas existé. Mais il était donc

7.

aveugle par tous les bouts ! Sans compter
cette place, son gagne-pain, son existence
assurée, sans tracas, sans fatigue, un train-
train gentil qui pouvait passer pour du bonheur ! Et ces leçons, où il trouvait le superflu
de la vie, qui lui semblait à présent le nécessaire, c'était elle encore et toujours !... Et il
avait été assez fat, assez sot, pour croire que
son talent...

Il mériterait bien que la petite le lâchât
aujourd'hui et retirât sa menotte de sa main
trembleuse d'incurable ! Qu'est-ce qu'il deviendrait sans elle, sans son pupitre, là-haut,
derrière les orgues ? Dans quel coin pourri-
rait-il de misère et de faim ?

Aveugle ! qui voudrait de lui ? C'était à
grand'peine, par une routine studieuse et
tenace, qu'il pouvait maintenant se guider
par les rues.

... Ce fut comme un éblouissement, le
flamboiement subit, éclatant, d'une rampe
allumée. Il revoyait, spectacle plein de na-
vrants contrastes, le passé avec ses détails

douloureux de deuil errant et sans pain.

Il n'en revenait pas d'avoir nié si longtemps la tragique évidence des faits. Et qu'imaginer, aujourd'hui ?

Ce n'était pas assez de comprendre ; il fallait réparer tout ce mal, fruit d'une ingratitude inconsciente, il est vrai, mais cruelle... Comment ?

Wilhelm, les mains crispées dans ses cheveux, sentait au dedans de lui bouillonner une colère folle.

— C'est dégoûtant, dégoûtant ! sanglotait-il.

Qu'il s'en voulait d'avoir joui si longtemps de cette vie grasse, où il s'était vautré avec un si complet nonchaloir !

On aurait dit qu'il n'avait jamais connu les mauvais jours et les nuits sans abri, et les soupers par cœur ! Dieu sait cependant ce qu'il avait enduré, là-bas, sur le Rhin, et, plus tard, sur les lacs ! Ainsi qu'un parvenu qui, dans sa hâte de jouir, veut que demain le paie d'hier, il s'était étendu de tout son long dans cette mollesse du bien vivre; doucement couché, la nuque et les reins calés de moelleux oreillers, il avait passé ses journées, savourant la bonne chère de l'aisance et des désirs assouvis.

Avec sa nature flasque, pleine de *morbidezza* paresseuse, il s'était endormi sur cette couche voluptueuse, lassé par la lutte pour l'existence, où il avait laissé une grosse part de son énergie première. Et il ne s'était pas demandé, l'insouciant, à qui il devait ce lit, où il enfonçait avec des tressaillements d'aise...!

Heureusement son cœur était bon, point encore gâté jusqu'aux moelles. Jamais, quand il vivrait cent ans, il ne se pardonnerait son infamie!...

Si Zanetta fût entrée en ce moment, ah! Dieu! la bonne revanche qu'elle eût prise! Le beau rôle n'eût point été du côté de l'âge, cette fois! Et l'homme fait aurait dû baisser pavillon devant une bambine, pas plus haute que ça!

Ah! Zanetta, Zanetta, que n'es-tu là, der-

rière la porte ? Chère brave fillette, les pleurs
de Wilhelm te mettraient du baume au cœur
pour la vie. Et que de protestations d'amitié,
d'inaltérable tendresse, d'affection, de dévouement éternels ! Les douces larmes répandues,
que d'embrassades, que de caresses !

Mais elle ne vint pas, la petite servante, et
ce fut peut-être mieux ainsi ; car, vrai ! elle
en serait morte de joie !

XVI

Le « rentier », qui logeait porte à porte
avec Wilhelm, jouissait d'une mine chafouine
et d'un nez en trompette ; ses minces favoris,
d'un noir d'ébène, semblaient peints sur ses
joues flasques, couleur de jambon cuit ; ses
oreilles, sans ourlets, largement écartées
d'un crâne en pain de sucre, lui donnaient le
facies d'un macaque ; une mâchoire énorme
en galoche et de petits yeux fuyants et rusés
achevaient assez bien la ressemblance.

Ajoutez à cela une sorte de ricanement du
plus déplaisant effet, peu de cheveux, pas de
scrupules ; coiffez le personnage d'un feutre
roux, habillez-le d'un « complet » tabac d'Es-

pagne et vous aurez au total messire Vespasiano Castellani, à la volonté du preneur, cicérone ou voyageur en librairie ; au demeurant « bien galand homme de sa personne, sinon qu'il était quelque peu paillard, et subject de nature à une maladie qu'on *appelle* : faulte d'argent ».

Or, ce mal, non des plus rares, lui causait un suprême ennui et il en besognait la guérison, des ongles et du bec. En réalité, le pain que mangeait ce drôle était des plus malpropres. Dans la saison, on le voyait rôder du matin au soir sous le porche des grands hôtels, persécutant le touriste d'offres multiples, en toutes langues. A l'un il proposait une visite aux églises, à l'autre un pèlerinage au tombeau de Juliette ; à celui-là une station archéologique au monument des Scaliger, à celui-ci une jolie fille d'humeur facile.

Enfoncés, Panurge et ses soixante-trois manières !

Une pratique de vingt ans lui avait permis d'établir, sur des bases certaines, la classifi-

cation de la faune voyageuse; il comptait
quatre groupes, se subdivisant en classes, qui,
elles-mêmes... Qu'il nous suffise d'indiquer
les divisions primordiales.

1er groupe	Jeunes mariés		Voyagent sans rien voir.
2e —	Savants, malades	Signes particuliers.	Ont les poches bourrées de Bædeker, Joanne et Murray.
3e —	Célibataires de 18 à 60		Portent des cravates de nuances claires.
4e —	Spleenitiques		Sont généralement Anglais, Américains ou Russes.

Il ne sortait pas de là, et faisait rarement
fausse route; il vous jaugeait un homme ni
plus ni moins qu'un tonneau, à l'œil; certes,
il essuyait des refus, mais point d'avanies,
point d'injures; voyait-il une figure nouvelle,
il la piquait sur son tableau; elle y avait sa
case, c'était fatal.

Alors il était fixé : ce n'est pas lui qui se

fût avisé d'offrir une courtisane à un époux frais émoulu de la sacristie, pas plus qu'à un vieux mari une branche du saule de la *Giulietta*.

Aussi bien, il était fort expert et tenace, ne se rebutait point du premier coup, lassait le client à force de politesse servile, et empochait de bonnes journées, payé par l'étranger, payé par le *custode*, par le cocher ou par la belle.

Puis, quand, pareils à des vols de cigognes, les touristes rejoignaient leur « *home* » à tire-d'aile, notre homme faisait peau neuve.

Enveloppé des plis larges d'un ample macfarlane, il passait les monts, lui aussi ; la sacoche de cuir rouge rembourrée de billets de banque, il gagnait la Suisse, où, dans de certaines librairies borgnes des grandes villes, il opérait à bon compte une rafle de ces petits volumes sadesques, imprimés avec des têtes de clous sur papier à chandelles ; livres d'honnête mine et d'apparence modeste, dans leur brochure de couleur neutre, ou leur reliure

en veau foncé, mais au contenu singulièrement gaillard.

Du bréviaire ils avaient la robe, et rappe-
laient ces « Rabelais », habillés de velours, à
fermoirs émaillés, que les mignons, en guise
d'heures, jadis emportaient sournoisement à
la messe ; sauf peut-être que le bon abbé de
Meudon était fort dépassé, en ces abjects in-32,
illustrés de sujets dépourvus de collerettes.

Vespasiano en ouatait son manteau, et passait, narguant les lois, tout habillé d'ordures,
à la barbe des douaniers, qui se contentaient
de retourner sa valise et de flairer son sac de
nuit. A Paris, chez des compères, il se débar-
rassait contre bons louis d'or de cette doublure
incommode, puis repartait en guerre, avec
des munitions nouvelles.

Le commerce n'était point mauvais.

— Ah ! la librairie, avait-il coutume de
dire, le bon métier ! On y gagne cent du cent !

De vrai, cela lui rapportait parfois davantage.

Chez Tonsura, son logement se composait

de deux pièces modestes, fort proprement
meublées; il y faisait peu de bruit, se cou-
chant tôt, debout dès l'aube, menant une vie
édifiante au possible. Aussi bien il gardait
peu le logis, ayant chez ses protégées le vivre,
le couvert... et le reste.

Wilhelm ne l'avait pas croisé trois fois dans
l'escalier commun; on avait, à vrai dire,
échangé force saluts jusqu'à terre; même
Castellani s'était courtoisement effacé, pour
laisser la rampe à l'aveugle.

La connaissance en était demeurée là, plus
quelques mots de politesse; car comment
voisiner avec cet oiseau de passage?

Pour Zanetta, elle le fuyait comme la peste,
depuis certain soir que Vespasiano, rentrant
un peu en gaieté, l'avait entraînée dans sa
chambre, sous couleur de lui montrer une
image.

Pouah! quand elle y pensait, elle sentait
encore sur sa joue le baiser mouillé de ses
lèvres froides; elle avait dans l'oreille le mar-
monnement de ses phrases câlines, et dans le

cou le souffle chaud de son haleine de bête
puante.

Brrr !... elle était prise, rien qu'au souvenir de cette soirée, d'un frissonnement de
dégoût peureux, qui faisait claquer ses que-
nottes blanches et menues de jeune chien.

Si elle entendait sur le cailloutis de la
ruelle le frôlement sourd de ses bottines
d'étoffe, vite elle s'enfonçait dans la boutique,
tremblante, et se gardait bien de mettre le
nez à la porte, tant qu'elle le sentait là.

Aussi bien, Vespasiano n'avait pas renou-
velé son amoureuse attaque. Tout au contraire,
il ne semblait plus se douter qu'il y eût de
par le monde un joli brin de fillette, répon-
dant au nom de Zanetta ; un morceau « digne
d'un pape, » selon son mot favori. Cette
indifférence, comme bien vous pensez, était
feinte ; et le madré coquin avait, pièce à pièce,
dressé ses batteries de campagne.

XVII

... L'hiver avait passé sur la maison Tonsura avec ses claustrations frileuses, ses vitres
closes, où le froid fait pousser ses fougères de
givre, aux longues feuilles denticulées comme
des ailes d'oiseau, avec les silences de la
ruelle déserte, à peine troublés par le pas hâtif
d'un passant.

La veille de Noël, Wilhelm avait trouvé sa
chambre doucement tiédie par la chaleur un
peu lourde du charbon qui se consumait sous
la cendre, dans la bassine de cuivre rouge
d'un *brasero ;* surpris, il avait, en tirant son
mouchoir, amené le bout d'un cache-nez de
tricot jaune et bleu. Ce n'était pas tout : sur

la table s'étalaient les gros doigts veules d'une paire de gants fourrés, et une pipe neuve, en belle terre marbrée de Brescia, pendait au clou de la défunte.

Ah! cette fois, il n'avait pas hésité une seconde; il avait crié : « Zanetta! », et la petite ayant grimpé au galop, il l'avait soulevée de terre et à demi étranglée d'embrassades furieuses.

Que voulez-vous? Il n'avait trouvé que cela, après de laborieuses songeries, pour exprimer sa gratitude : ce n'était pas sa faute, mais plutôt celle de son esprit alangui, alourdi par la fumée des pipes quotidiennes.

Oui! des baisers, des caresses, de jolis mots ou des attendrissements muets : c'était tout, et parfois un concert intime, entre quatre-z-yeux, comme on dit.

Cela n'avait pas dû mettre, sans doute, son imagination dormeuse sur les dents! Peut-être. Pouvez-vous croire qu'il y eût une dose de calcul dans cette manière de reconnaissance, peu malaisée et pas coûteuse?

La fillette, elle, était heureuse, mais là,
heureuse comme on ne l'est pas. Lui eût-il
donné à choisir entre un de ces grands peignes
d'écaille ajourée en dentelle, ou une tape
amicale sur la joue, ah! bien, ce n'aurait pas
été long; sans barguigner, elle eût pris la
chiquenaude.

Non, en vérité! elle n'aurait pas troqué, à
présent, avec une duchesse!

Écoutez donc, il avait si bon cœur, jamais
un reproche, une gronderie; pas la queue
d'une réprimande! Toujours content, et si peu
difficile! Et comme il avait une façon gentille
de dire merci, des paupières! C'était tout
plaisir de le servir et de le gâter : et si quelqu'un était en reste, ce devait être elle, bien
sûr!

Leur existence s'écoulait très douce, très
unie, très monotone : tel un ruisselet sur le
sable fin et diamanté d'une plage. Sitôt
l'ouvrage fini, en bas, Zanetta montait, soufflant dans ses doigts, et venait tendre ses
mains gourdes à la lueur pâle des braises, qui

brillaient sous la cendre, pareilles à des grains
de corail.

Wilhelm prenait son violon et improvisait
quelque *adagio* passionné, qui faisait courir
un froid à la nuque de la petite, secouant les
tortillons dorés de ses boucles folles.

Parfois, s'arrêtant, son archet sous le bras,
l'aveugle approchait du feu ses doigts raides ;
et si sa grosse main venait à frôler par hasard
la menotte effilée de l'enfant, celle-ci de la
reculer d'un geste prompt, avec un léger frisson de jouissance pas permise.

Souvent ils mangeaient ensemble : cela faisait un mignon tableau de genre, quelque
chose comme ces mères en cornette de Char-
din, donnant la pâtée à une fillette poupine
et joufflue, en robe longue.

Zanetta servait son ami, gardait pour elle
les rogatons. Bah ! était-ce pas assez bon pour
elle ? Et si Wilhelm lui recommandait :

— Surtout, chérie, prends une grosse tranche de cette épaule aux *broccoli !* elle emplissait son assiette d'une platée de choux, sans

viande, feignant de trouver le mouton déli-
cieux, avec de petits flac ! de la langue, et des
lèchements de lèvres gourmands.

C'était ainsi pour tout, d'adorables trompe-
ries, dont Wilhelm était dupe, grâce aux trésors de mise en scène.

Si, le dimanche, durant les longues veillées
dans la chambre bien chaude, où sans cesse
elle cousait, brodait, ou tricotait quelque
ouvrage, il demandait :

— Pour qui travailles-tu ?

— Pour moi, donc, faisait-elle avec un charmant retroussis de la bouche.

Lui n'insistait pas , d'ailleurs , soit qu'il
acceptât ce « pour moi » comme parole d'évan-
gile, soit qu'il se souciât peu d'arrêter sa pensée sur le destin probable de ces choses.

Parfois, il la faisait chanter, soutenant d'un
mot les défaillances drôles d'une voix pas
encore assise ; et les jours s'écoulaient, calmes,
sans l'accompagnement de tam-tam des grosses
joies, dans une demi-teinte douce et voilée,
comme un clair-obscur de bonheur.

XVIII

Si là-haut on vivotait gentiment, il n'en allait pas ainsi dans la boutique : il s'en fallait même de beaucoup que la vie coulât de cire. Ce n'était point le ru sans vagues, mais le torrent déchaîné qui mugit, la cataracte qui se précipite à travers les roches à fleur d'eau, et asperge le gazon des berges d'une poussière d'écume.

L'échoppe était devenue un enfer. Baldassare, dont les affaires prospéraient, afin de se donner un peu plus de loisir, avait pris un garçon, bellâtre au poil noir frisé, qui vingt fois dans un jour se pommadait le chef.

Emilio Paganelli, le bel Emilio, comme on disait, à l'exemple de Diogène et dans un dessein presque pareil, avait allumé sa lanterne ; l'homme qu'il cherchait c'était lui-même, au travers des mutations quotidiennes.

On le voyait tantôt, à l'instar de la gent moutonnière, séparer sa toison d'une fine raie bien droite, en plein milieu ; tantôt il l'inclinait sur l'une ou l'autre oreille.

Et que de variations heureuses dans la coupe! aujourd'hui à l'enfant d'Édouard, un mois après à la Titus ! Il passait en revue les coiffures, mettait sa barbe à toutes sauces, la frisait, ou rognait, ou rasait. Pour la moustache, il la relevait jusqu'aux tempes, en Victor Emmanuel, ou l'abaissait sur sa bouche en Albanais.

En dépit d'une fatuité grande, il n'était jamais satisfait, et sans pitié détruisait le lendemain la figure de la veille. Son idéal devait percher quelque part vers le septième ciel ! De là, sans doute, l'orgueilleuse et point neuve devise de la bague en similor qui étranglait

un de ses doigts courtauds ; on y lisait ce mot :
eccelsiore, deux fois répété sur le chaton de
sardoine.

Madame Tonsura, Eufêmia de son prénom,
était venue se prendre comme une carpe à
l'appât de ces charmes plus changeants que
les flots. Huit jours en secret elle admira ce
bel homme, vrai Protée du peigne et de la
brosse ; elle non plus n'aurait su dire comme
elle le préférait ; à chaque migration, c'était
un nouveau cri de surprise et d'amour, for-
midable hoquet poussé par cette énorme poitrine. Cet Adonis à tiroirs devait être venu
au monde pour la perdition de l'âme de la
mégère et la ruine des félicités conjugales de
Tonsura.

Celui-ci, en mari correct et selon la formule, n'avait rien vu ; aussi bien, il était dehors trois jours sur six, s'étant laissé affilier
à je ne sais quelle loge franc-maçonnique
d'artistes capillaires, pour qui la politique
primait la cosmétique, et qui se préoccupaient
davantage des « envahissements croissants du

pouvoir » que de la chute précoce du cheveu.

Peut-être sa femme n'était-elle pas étrangère à cette fureur tyrannophobe, qui le retenait de pleines soirées hors de chez lui, laissant la place libre à de doux tête-à-tête.

Le fataliste et sententieux Jacques aurait dit : « il était écrit là-haut dans le grand livre que Baldassare serait tout à la fois coiffeur et..... coiffé. »

Un soir, rentrant plus tôt que d'ordinaire (on avait à la loge voté la mort du roi, empoisonné par la vertu d'une pommade), notre homme, la tête farcie de belliqueux projets, surprit Emilio, le petit Emilio, assis sur les genoux de sa femme, qui lui faisait une ceinture de ses bras rougeauds d'athlète de foire.

Précisément, elle murmurait d'une voix traînarde, lui soufflant dans le nez une haleine puante d'*ayoli* :

— O mon Emilio, que cette coiffure nouvelle te sied bien !...

Mais Tonsura est entré : croisant les bras, d'un geste noble, il foudroie du regard le

8.

groupe coupable... Oui, il lavera dans leur
sang son honneur maculé d'huile philocome ;
ô rage ! il est sans armes, et il ne voit à sa
portée que des fioles de teintures et des flacons
d'eau de Cologne.

En conscience, son indigne moitié vaut-
elle l'emploi de si coûteux projectiles? Mari
économe, il se retient de leur jeter à la tête
cette parfumerie « de choix » et brandissant
le *Popolo*, journal du soir, qu'il tient à la
main, il en soufflette le bel Emilio, dont les
bandeaux à « la Capoul » sont outrageusement défrisés.

Ce fut ainsi que ce garçon inaugura une
coiffure inédite, assurément involontaire,
celle dite à « la mal content ».

Depuis cette scène épique, le perruquier
avait renoncé à la politique, renvoyé son
commis, et surveillé sa trop sensible épouse.

Du matin au soir ce n'étaient que disputes,
scandées de gros mots, et ponctuées de ta-
loches retentissantes ; désormais le trépigne-
ment des luttes avait remplacé le cliquetis des

ciseaux dans l'échoppe : une vraie foire d'empoigne à présent. Les clients désertaient un à un ; l'un d'eux n'y avait-il pas laissé une bonne part de l'oreille, un jour que Baldassare, qui le rasait, avait été cruellement pincé au bas des reins par l'acariâtre et rancuneuse Eufêmia ?

C'était à peine si quelque pauvre diable, ignorant les querelles du ménage, se fourvoyait parfois en cette bagarre ; le salon de coiffure chômait, les rasoirs se rouillaient sur les tablettes de faux marbre déteint, les araignées filaient leurs toiles d'argent parmi les soies des brosses, où s'emmêlaient encore des bouquets de cheveux noirs.

La tirelire de métal, où tintaient jadis les gros sous des pratiques, sonnait lugubrement le creux.

Où étaient-ils ces dîners copieux dont on s'empiffrait goulûment, entre une « coupe » et une « barbe » ? Et le glouglou des jarres tressées de paille ? et la chanson embaumée des oignons dans la poêle ? — Plus de repas,

assis, le dos au fourneau de fonte où ron-
ronnait la bouillotte! Plus de franches lip-
pées! Les ventres à présent étaient vides
comme la tirelire.

Emprunter, il n'y fallait pas songer ; la
maison craquait d'hypothèques. Et tout le
jour, avec des raffinements d'aigreur, le barbier et sa femme se gourmaient sans se
lasser.

En ces conjonctures délicates, Zanetta avait
fort à faire d'éviter les injures et de parer les
coups. Le plus souvent elle se réfugiait chez
Wilhelm. Mais la patronne venait-elle à l'appeler de sa voix de furie grondeuse, force lui
était bien de descendre en deux temps et
d'empocher sa part de bourrades.

Sans compter que, les nuits résonnant du
fracas des batailles conjugales, elle ne dormait que d'un œil, après avoir soupé d'une
croûte. Car pour rien au monde elle n'eût
avoué sa détresse à Wilhelm : plus de quatre
mois de gages qu'on lui devait !

Le pauvre Baldassare, qui n'était pas le

plus fort, tant s'en fallait, fit sans bruit un paquet de ses hardes, mit dans sa poche sa savonnette et son rasoir le moins mauvais, et, un beau matin, s'en fut avec sa courte honte, et un œil, comme on dit, au beurre noir, poignant adieu de sa mignonne épouse.

XIX

On était à la mi-avril ; les platanes des bou-
levards s'habillaient de jeunes frondaisons,
d'un vert pâle. La *primavêra* revenue, cette
« jeunesse de l'année », mettait la nature en
branle. C'était fête partout ; là-haut dans le
ciel, au bleu profond et chaud, empli des cris
perçants des hirondelles ; en bas, entre les
larges dalles des places et les cailloux bigarrés
des rues, où pointaient les herbes nouvelles ;
sur les vieux murs, qu'émaillaient de leurs
gammes point bruyantes le lilas rosé des
cyclamens et le violet des jacinthes. Les moineaux sonnaient de joyeuses fanfares. La
brise avait des caresses moites, et le soleil

essayait ses rayons, comme un archer ses
flèches, avant la joute.

Devant les étalages, les stores de couleurs
se tendaient, pimpants : les devantures,
peintes de neuf, semblaient des papillons aux
ailes mosaïquées, s'élançant de leurs chrysa-
lides, tandis qu'aux terrasses des cafés, les
tables de zinc, les chaises de canne alignaient
leurs files jaunâtres.

Les hôtels tremblaient des galops des *Kell-
ner* et des filles de service ; les domestiques
de place bourdonnaient aux portes des églises ;
les tarifs des citadines s'enflaient démesurément à l'approche des touristes, et Vespasiano
Castellani, première manière, revêtait son
« complet » tabac d'Espagne, où flamboyait
l'ovale de cuivre de sa plaque d'interprète...

Le cicérone, l'air vainqueur, sifflotant un
refrain d'opérette, descendait l'escalier avec un
léger dandinement des hanches, qu'il savait
irrésistible près de ses amies peu farouches ;
le hasard fit qu'il posa le pied sur la dernière marche, à la minute précise où Zanetta

entrait, à petits pas, dans l'allée, les bras
écartelés par deux cruches pleines.

— Est-ce toi, *picciola* ? fit-il d'un ton pape-
lard, et il prit sans façon le menton à la fillette
émue et rougissante. *Per Bacco !* te voilà
grandelette, à présent, et gentille à croquer,
ma foi. *Addio, addio !*

Et, se retournant, il lui jeta un bruyant
baiser du bout de ses lèvres pâles.

Quel parti un habile homme saurait tirer
d'un si frais museau, pensait-il en s'acheminant
vers les abords de l'Hôtel Impérial et Royal
des Deux-Tours !... Et comme il n'était pas sans
connaître les moindres incidents qui avaient,
en son absence, défrayé la chronique de la
ruelle, il entrevoyait, avec un clappement de
bouche de bonne humeur, une certaine chose,
encore indécise, mais pleine d'un carillon de
promesses.

La veille, au café Dante, le garçon, qui le
traitait en client d'importance, lui avait, tout
en saupoudrant son potage de fines râpures

de parmesan, défilé tout au long les tragiques
amours de Madame Tonsura.

Cela divertissait prodigieusement Castellani, ces galanteries perruquières sur le retour, et lorsque l'homme au tablier blanc en
était arrivé à l'entrée en scène de Baldassare
et à la larmoyante confusion de la dame, en
train de donner le sein à un poupon de cinq
pieds deux pouces, il n'y avait pu tenir davantage, et de son ricanement habituel, cousin germain du grognement d'un porc à la
glandée, il s'était haussé soudain jusqu'à un
rire de gorge, éclatant comme un bruit d'assiettes fracassées.

Il riait à se tordre, le digne cicérone, il
riait, il riait, à faire sauter les boutons de
diamants de sa chemise, à faire craquer la
boucle de son gilet blanc : toute sa flasque
personne dansait sur sa chaise, avec des se-
cousses raides de *burattino ;* il riait, et les
larmes roulaient en pluie de ses petits yeux
de furet, frangés de rouge.

Il y avait bien de quoi, vraiment ! Est-ce

9

pas une tartine au miel que la ruine d'un
ami? Quoi de plus délectable pour un gredin
que la déconfiture d'un honnête homme?...
Et y a-t-il un mets plus fin au goût d'un
célibataire que les infortunes conjugales d'un
mari ?

Et ce n'était pas tout encore. Dans ce gâ-
chis, dans ce désastre, qui n'avait en somme
englouti qu'un barbier (et Dieu sait si cette
race est féconde !), dans le remous de cette
eau trouble, il y avait bien matière à pêche
miraculeuse. Comme dans les féeries, entre-
vues en ses voyages, il apercevait, au travers
d'un transparent de gaze, une affaire en tous
points royale, après une campagne difficile,
mais d'autant plus glorieuse ; puis au bout,
tout au bout, parmi les éblouissements de
l'apothéose finale, le succès, un succès immense, à peine rêvé, après la capitulation
dernière, et enfin la contribution de guerre,
une fortune, une brassée de billets roses et
verts.

Non, jamais le *risotto*, tout jaune de safran,
ne lui avait semblé meilleur ; et ce poulet de

grain, quelle finesse ! Allons ! un si beau jour
voulait être arrosé de vin d'extra.

— Parbleu ! pensait le sire, je serais bien sot
de me rien refuser ! J'ai là-bas écoulé très
gentiment ma galante marchandise ; jusqu'au
dernier, mes petits livres de messe ont trouvé
dévots à leur pointure ; et voici que le ciel
clément m'octroie une occasion non pareille !

Alors, avec un large rictus, qui montrait
ses dents d'anglaise, il avait, d'une voix de
stentor, commandé au sommelier ahuri une
bouteille de Cliquot à la glace.

... Lorsque, vers neuf heures, il était sorti
sur la place, où la musique des *bersaglieri*, debout, autour des pupitres, dans la lueur sanglante des lanternes, s'essoufflait sur une
polka de Strauss, il entendait un tintement
drôle dans ses oreilles ; et si épaisse était la
buée qui couvrait ses yeux, pleins de papillo-
tements étranges, qu'il avait fait sept fois le
tour des Arènes (le chiffre est certain), avant de
retrouver l'angle de la *Via Nuova*, reconnais-
sable aux ifs de gaz étincelants du théâtre
philharmonique.

XX

C'était le matin des Palmes : par les rues encombrées, les *corriccoli*, les *calessini* et *vetturini* de toutes sortes se croisaient, s'emmêlaient, en un pêle-mêle résonnant de grelots et de clic-clac, roulant doucement sur les rails de granit.

Une foule bigarrée se hâtait, avec un allègre bourdonnement, vers Santa Maria Matricolare : citadins en redingotes longues, paysans en vestes, bonnes femmes venues de loin, à voir leurs sabots poudreux, en jupes rouges, et en casaques passequillées de fils d'or, le cou sanglé de lourdes chaînes, où pendaient des croix d'argent ; gras curés de campagne, en culottes courtes, chaussés de souliers à boucles, et brandissant d'énormes parapluies de cotonnade claire.

Aux carrefours, les gardes de la cité, coiffés de cuir verni, se pavanaient, serrés dans leurs tuniques noires à boutons de métal, fiers de leurs gants blancs et de leurs hautes cannes de suisses d'église.

Par instants, un landau filait, emporté au grand trot de ses chevaux aux harnais de plaqué massifs, et laissait voir, dans une envolée rapide d'ombrelles criardes, un fin profil de femme, à demi noyé dans les plis mous d'une mantille, avec, sur le devant, quelque officier de hussards, pimpant, en dolman gris de lin à brandebourgs.

De temps en temps, une fusillade éclatait, suivie des cris de peur des femmes, et du brouhaha de la foule entourant un gamin, qui tirait des pétards, une fusée aux lèvres, en guise de cigarette.

Sous le porche des églises de briques, des vieilles, au marmottement pleurard, vendaient aux fidèles les rameaux de palmier, tressés à Bordighiera pour l'Italie entière.

Et tandis que les cloches égrenaient dans l'air matinal leurs chapelets de notes argentines, scandées, de dizaine en dizaine, par le timbre plus grave des bourdons, un tiède soleil d'avril flamboyait dans un ciel d'un bleu dur, accrochant une paillette à la tête d'or d'une épingle, au panneau écartelé d'armoiries d'une calèche, aux plumes de coq de l'aigrette d'un *bersagliere*, au sabre d'une sentinelle, ou au fermoir d'un livre de prières...

— Bonjour, ma tante, fit Zanetta, en entrant. Voici un rameau bénit, vous n'en avez pas déjà, au moins?

— Merci, repartit Erminia, merci, petite !

Et elle pliait en deux sa longue taille pour baiser sa nièce au front. « Viens çà dans ma cuisine. Nous y serons plus à l'aise pour causer ! »

Et, commodément installée près du fourneau, où gazouillait un pot, elle commença, d'une voix légèrement mouillée de brave femme :

— Il s'agit de toi, de ton avenir. Écoute-
moi bien, Zanetta ; tu vas sur quinze ans : il
est temps de penser à t'établir ; hein ? ma
fille, as-tu jamais songé à ça ?... Oui, n'est-ce
pas ; la raison, je sais, c'est ton fort, à présent !
Sainte Vierge ! tu en as comme une femme,
c'est vrai. N'empêche que si je n'étais pas là,
je serais curieuse de savoir de quel côté tu
tournerais, dis, *banderuola mia* ? Jusqu'aujourd'hui, *grazie a Dio,* tu gagnais ta vie ou
à peu près. Mais voilà les Tonsura ratissés, et
nus comme la queue de ma poêle à frire !
C'est pour cette chose que j'ai dû aviser. Sais-
tu, Zanetta, que ce n'est pas une mince
besogne que d'être tutrice, comme dit cet
autre ? Vrai, des nuits, je m'en retourne sur
le traversin, sans fermer l'œil : j'en mouille
mon linge, quoi !

Donc, poursuivit-elle en prenant la main
de sa nièce qu'elle se mit à tapoter doucement
entre les siennes, je connais une place, ah !
mais là, une fameuse ! Et si tant seulement

tu es docile et soumise, je t'y case, par Notre-
Dame *della Scala!* Et que dirais-tu, si un
beau jour ça finissait par une noce? un mariage
pour de bon, tu m'entends?... C'est un homme
cousu d'or, encore très propre, et que tu
mènerais à l'abattoir, un agneau! Ah! que
Sainte Marie m'assiste, c'est pour le coup que
tu seras vêtue mieux qu'une madone! Et des
robes par ci, et des colliers d'or par là; voilà!
je t'y mènerai demain après midi.

— Vous êtes trop bonne, ma tante, beaucoup
trop bonne; mais, en vérité, je ne suis pas
sur le pavé, comme vous avez l'air de le croire.
Maître Wilhelm, le musicien, vous savez
bien... il ne demande qu'à me prendre pour
servante.

— Sotte! y penses-tu? un aveugle, sans le
sou?

— Et la maîtrise de Santa-Maria, et ses
leçons, n'est-ce rien?

— Suffit. Je connais ça... la misère!...
D'ailleurs, est-ce que ce serait convenable, une
jeunesse comme toi chez cet artiste? C'est un

homme après tout, malgré qu'il soit infirme.
On jaserait, je te dis, et je n'entends pas,
Zanetta, que la fille de ma pauvre sœur...

A ce moment, le bouillon de poule, qui
mijotait sur le feu, se mit à bouillir si fort
que le trop plein inonda le fourneau avec un
long sifflement de douleur. Force fut à
dame Erminia d'interrompre son sermon et
d'écumer la marmite.

Sitôt le malheur réparé :

— La maison dont je te parle, reprit-elle,
est taillée sur un autre patron. J'en ai touché
deux mots au seigneur chanoine. « C'est une
charité à faire, ma bonne, Dieu te récom-
pensera. » Ce sont ses propres paroles. Voyons
petite, c'est dit ! *Via !*

— Je vous en supplie, ma tante, n'en parlons
plus, j'ai ce qu'il me faut ! et tant que...

— Mais, mon doux Jésus, qui m'a baillé
une mam'selle de cette sorte ? Tu refuses ton
bonheur, ton bonheur, entends-tu ? Si ta
sainte femme de mère vivait, ah ! vierges
martyres !... Voilà ! ça aime à courir, à gaminer

par la ville ; c'est gueuse, ça n'a ni sou, ni
maille, et ça n'en veut faire qu'à sa tête.
Malheureuse !... quelle pitié ! Va, va, tu
mourras sur un fumier, avec ton artiste,
impudique !

— Ma tante, ma tante, soupira Zanetta
d'une voix tremblante, qu'est-ce que je vous
ai fait pour que vous me...

La fin de la phrase resta au fond de sa
gorge, débordant de sanglots, qu'elle refoulait
en vain. Elle s'était levée toute droite, la
bouche pincée, les ailes du nez remuées d'un
frémissement, et se dirigeait vers la porte,
poursuivie par les malédictions de la gouvernante qui clamait :

— Hors d'ici, coureuse, et n'y remets jamais
les pieds ; je te chasserais comme un chien...
comme un chien ! Quant à mes petites rentes,
tu sais, rien, tu n'auras rien, rien... !... pas
un *bajôcco !*

Et, calme, sous cette bordée d'invectives
haineuses, la petite descendait l'escalier, lentement, sans un mot, sans se retourner une

fois, la tête haute, sous la grêle serrée des
injures. Mais, arrivée au bas, elle n'eut que le
temps de se laisser aller sur une marche : elle
n'y voyait plus ; le sol se dérobait...

Elle resta là longtemps, sanglotant et priant
tout ensemble.

Une désappétissance de la vie lui venait ;
elle eût voulu mourir, ne plus se relever
jamais. Quoi ? le monde était si méchant ? Que
demandait-elle ? Un petit coin sombre où
vivoter en paix. Ce n'était donc pas possible ?
Alors mieux valait s'en aller dans l'inconnu,
point si terrible après tout, de la tombe...

Soudain elle eut une vision... Mourir ? Est-
ce qu'elle en avait le droit ?

— Folle, dit-elle, épongeant à grands coups
ses joues ruisselantes de la pluie salée des
larmes, et qu'est-ce qu'il deviendrait, lui ?

XXI

Le lendemain, elle reposait un peu, n'ayant pu dormir de la nuit, toute grelottante des épouvantements des rêves, quand Madame Tonsura entra sur la pointe du pied dans la boutique.

Mais déjà Zanetta était assise sur sa paillasse, enfilant ses bas ravaudés de coton bleu. A sa profonde surprise, la matrone ne la gronda point; et de ses grosses pattes maladroites, l'aida à nouer en un tortillon à la nuque ses longues nattes d'or vert, la câlinant, s'extasiant sur ses cheveux de duchesse, l'appelant son « petit chou », son « trognon ».

N'avait-elle pas été chez sa tante Erminia?

Est-ce que celle-ci ne lui avait pas parlé d'une place chez un riche *signore*? Bien sûr, elle avait accepté d'emblée ; une personne si bien posée ! Ah ! elle n'y manquerait de rien ! elle serait là comme le poisson dans l'eau. Pas ça à faire ; bien nourrie, bien nippée, des bijoux à rendre sainte Anastasie jalouse ; que pouvait-elle souhaiter de mieux ?

L'espoir d'un bon mariage au bout n'était point encore à mépriser. Certes, c'était de quoi contenter les plus difficiles ! Quant à elle, elle aurait le cœur gros, en vérité, de la voir partir ; mais baste ! elle se consolerait vite, en pensant à sa petite Zanetta, bien casée, bien lotie, qui mangerait du pain blanc à tous ses repas.

Elles ne seraient donc plus meurtries des mille égratignures du ménage, ses pauvres menottes, à la peau si blanche et si fine? Ah! bien, avec une frimousse comme la sienne, est-ce qu'on moisissait chez les autres ? Était-ce pas une pitié que de voir si mignonne colombe s'esquinter d'ouvrage pour quelques

livres par mois? A présent, elle en aurait, des
servantes et ce serait justice! Avec ce cou, où
dans le potelé naissant de la chair se creusait
le collier de Vénus, avec cette taille à tenir
dans un anneau de mariage, avec ces cheveux
qui, nue, l'auraient habillée toute!.. Non, les
hommes étaient myopes pour ne l'avoir pas
dénichée plus tôt.

La commère en était là de son panégyrique,
qui tombait dru comme une douche glacée sur
la tête de l'enfant ébaubie, quand un pas
bien connu glissa sur le carreau de la chambre. Zanetta, qui, les épaules découvertes, se
lavait au lavabo, se retourna et pâlit en se
trouvant nez à nez avec le cicérone.

Celui-ci, les bras arrondis en forme d'anse
de corbeille, s'avançait au-devant d'elle, un
méchant sourire plissant son museau de macaque.

Un nuage passa sur les yeux de la fillette,
qui, nouant à son cou la serviette qu'elle tenait
étalée sur sa main, ne fit qu'un saut dans
l'arrière-boutique et en tira brusquement la
porte après elle.

Restés seuls, les deux complices s'entre-
regardèrent, avec des airs piteux de dupeurs
dupés. La Tonsura, faisant une moue lippue,
grosse d'orages, taquinait furieusement l'anneau d'argent, large comme un rond de serviette, qui déchirait son oreille plate, agré-
mentée d'un pinceau de poils roux.

— Rien à en tirer, alors? grogna Castellani;
c'est dommage; il y avait gros à gagner. Justement, j'avais touché deux mots de la chose à
un riche Tartare, débarqué d'hier. Sang du
Christ! C'est à s'arracher les cheveux, parole!

Et il esquissait le geste, passant la main sur
son crâne, nu et luisant comme une bille
d'ivoire. Eufêmia mâchonnait son dicton favori et se mordillait les lèvres, prête à éclater.

— J'avais pourtant bien allumé la tante,
ajouta le drôle *mezza voce; per Dio!* quelle
sauvage! M'est avis, ma chère dame, qu'il
faut laisser quelques jours de repos à ce petit
dragon, afin de lui rendre la confiance!
car...

Et il souffla la fin de sa phrase dans l'oreille de la perruquière, qui opina vivement du buste, sa molle poitrine de nourrice toute secouée par cet acquiescement muet.

Sur ce, Vespasiano, fouettant l'air d'un coup rageur de sa badine de jonc, pirouetta sur ses pointes et disparut dans la ruelle, où ses bottines d'étoffe avaient le frôlement traîneur d'une robe de femme.

— Hé! Zanetta, sors de ta niche! Voyons, un peu de raison! on ne veut pas te manger, *diavolo!* gronda la Tonsura en poussant la porte vitrée du cabinet.

Mais d'un élan fou, les joues en feu, la petite bondit jusqu'à son lit. Saisissant à poignée corsage, jupe et fichu, elle grimpa l'escalier tout d'une traite et vint, à demi pâmée, tomber au seuil de l'aveugle avec ce cri de détresse poignante :

— A moi, maître Wilhelm, maître... Wilhelm!

XXII

... Oui, c'était bien vrai, ils allaient partir... tous les deux, aller loin, très loin, la main dans la main! Elle ne pouvait pas le croire! C'était trop de bouheur, trop de joie! Ah! qu'il était bon d'avoir consenti si vite! C'était vers elle qu'il s'était baissé avec une grandeur d'apôtre, elle, une petite servante de rien du tout!

Il la protégeait, la défendait. Et voici qu'aujourd'hui il l'enlevait à cette conspiration basse de femmes cupides et d'hommes immondes, qui avaient bâti l'échafaudage compliqué d'une fortune sur sa candeur, son seul bien!

Patatras! tout croulait, c'était fini. Il n'y avait plus de danger, puisqu'il ne la quitterait jamais.

Non, en vérité, elle ne pouvait pas y croire, il avait beau le lui répéter : demain, demain, à l'aube naissante on prendrait la *via ferrata*, et douze heures plus tard l'Italie n'existerait plus que dans sa mémoire vivace d'enfant.

Alors ils seraient en Suisse, un curieux pays, disait-on, tout bossué de montagnes, ni plus ni moins que Polichinelle, et où il n'y a pas de méchantes gens.

Et puis, que lui importait après tout ? Elle ne demandait rien que l'indifférence des foules ; qu'on la laissât aller et venir avec son cher aveugle, et vivre d'une vie très simple, très plate, comme un petit miroir bon marché encadré de bois brut ; lui, jouant du violon, elle le dorlotant, dans un nid rembourré de sollicitude et de soins maternels. Elle n'était pas ambitieuse, ne désirait rien de plus ; parfois un air « Plaisir d'amour » surtout, un

thème doux, dont la lenteur émue lui allait
droit au cœur et la remuait jusqu'aux larmes ;
parfois un mot gentil, une caresse : c'était
assez, et elle s'estimait bien payée de son
cher esclavage volontaire.

Ils iraient droit devant eux, par delà les
Alpes neigeuses, par delà la Suisse, sur les
bords de ce Rhin, dont il lui avait cent fois
parlé avec des larmes dans la voix. Est-ce
qu'il y avait aussi par là d'imposantes cathédrales, des tours qui montent haut dans le
bleu, des arbres ombreux, des oiseaux, des
fleurs?

Et qu'y mangeait-on?... Cela serait drôle,
une grande contrée où on ne parle pas italien!
Comment ferait-elle? Pourrait-elle jamais apprendre une langue si rude? Cela devait tordre la bouche affreusement!... Bah! avec des
gestes et ses doigts mis comme cela, on la
comprendrait, sans doute! Et puis, après tout,
serait-il pas là, lui?

Ah! quel plaisir, être libre! N'entendre ni
la voix de rogomme de la Tonsura, ni le cli-

quetis des ciseaux, ni le pcchtt... pcchtt... des
petits fers dans les boucles humides !

Plus de fioles à étiqueter, d'eau à mettre
bouillir ; plus de perruques à friser, de nattes
à assortir, plus de pratiques grincheuses ou
galantes, plus de Vespasiano, plus de tante
Erminia, plus rien du tout. A peine en res-
terait-il comme une petite fumée au fond,
tout au fond de son souvenir.

Libre ! elle allait dire adieu, pour de bon,
aux gronderies, aux bourrades, aux dîners
d'une tranche de pastèque, qui lui creusaient
de fameux trous à l'estomac, avec des pico-
tements de fringale ; adieu aux soupers par
cœur. Elle ne passerait plus de ces nuits an-
goisseuses, qui lui tenaillaient la gorge, à deux
pas des querelles du ménage ; elle ne mon-
terait plus vingt fois le jour ces marches
déchaussées et glissantes. Car elle ne le lui
avait jamais avoué : cet escalier, cela la brisait.

Oh ! comme se serait amusant, le grand
air, le plein soleil, non plus mesurés à petites
doses et savourés en cachette dans les galo-

pades des commissions, mais à bouche-que-
veux-tu , sans compter ! Comme elle s'en
donnerait de ces griseries embaumées !

Et bien sûr, cette existence nouvelle la ferait grandir plus vite (et elle en avait bon
besoin), dans l'aisance libre de l'espace sans
limite ; peut-être aussi la rendrait belle ,
presque autant que ces madones d'*Assunta*,
entr'aperçues dans le demi-jour voilé des
tableaux d'autels — si belle qu'il finirait par
le croire, lui, à l'entendre ainsi répéter aux
passants sur les routes !

Et alors !... Oh ! alors !... non, non, c'était
folie qu'y penser davantage, que chevaucher
ainsi les coursiers sans freins des espoirs dé-
cevants et trompeurs !

Elle était si jeune, quinze ans pas encore
sonnés ; n'avait-elle pas devant elle une pleine
botte de printemps ?... Qui sait même s'il ne
guérirait pas... avant ?

Non, pas ça, pas ça ! Sotte qu'elle était, où
s'arrêterait-elle dans la plaine sans bornes
des rêves d'or ?

Quoi? souhaiter de vieillir? Le présent n'était-il pas assez beau? Et l'avenir permis, qui s'entr'ouvrait si brillant et si rose, quel besoin avait-il, en conscience, de ces clartés aveuglantes de chimères et de désirs insensés.

Jadis, dans ses songes d'enfant, avait-elle jamais rêvé rien de si charmant? Courir le monde avec un bon ami! Le paradis, cela!

... Demain! Hélas que l'heure était lente, bonne Vierge! Et cette horloge du Campanile, quelle lambine! Si elle avait pu aider un tantinet ses aiguilles!... Encore quatre heures de jour et une interminable nuit!

La dernière! Elle en tremblait du talon à la nuque! Coucher dans la boutique, seule, en butte aux mauvais desseins de cet homme! Non, jamais elle n'oserait dormir!

Si Wilhelm y consentait, elle s'étendrait toute vêtue à sa porte; à la première alerte, elle serait debout, et d'un bond dans ses bras! Qui donc oserait l'y venir prendre?...

Que n'eût-elle pas donné pour être plus

vieille de seize heures! Dix années de sa vie, peut-être, la prodigue! et de bon cœur!

Et, pensant à ces choses, elle folâtrait, joyeuse, sur la route blanche qu'ils suivaient tous deux par une tiède matinée d'avril. Elle ne tenait pas en place, courait en avant, puis revenait prendre la main de Wilhelm et le remettait dans le milieu du chemin, le teint allumé par une belle flamme de joie sans mélange, les cheveux au vent, toute contente et toute rieuse ; faisant bravo à chaque plante fraîche ouverte, à chaque pommier pliant sous le givre des fleurs, à chaque libellule aux ailes de nacre.

Elle butinait les feuilles tendres et vernies des mûriers, encore poissées par les pleurs de la sève, franchissant les fossés pleins d'eau, se balançant aux branches tordues des ormes, où s'enroulaient les bras noueux et grisâtres de la vigne. Elle arrachait à poignée les sauges, aux feuilles en fer de lance, les menthes, les lavandes, et se grisait de leurs fines odeurs.

Sur l'ombrelle blanche d'une ciguë, elle avait attrapé un papillon, couleur de safran, et s'en amusa toute une heure ; puis, honteuse d'un plaisir si cruel, elle dénoua son mouchoir, transparente prison du captif.

Elle s'était parée d'un quadruple collier de boutons d'or qui brillaient comme des sequins sur sa peau mate...

La journée était superbe, l'air parfumé de senteurs vives, où le thym mettait sa note poivrée dans le concert fade et capiteux des jacinthes. Le soleil montait encore lentement derrière les trembles, criblant la campagne de ses flèches d'argent.

On décida de dîner à l'auberge prochaine : repas frugal, dont l'appétit fit la sauce, une sauce à « s'en pourlécher les badigoinces. »

Lorsqu'ils revinrent, bras dessus, bras dessous, comme des fiancés, se parlant bas à l'oreille, ils ne purent se rappeler ce qu'ils avaient mangé. Zanetta, avec de petites piaffes de dépit, s'obstinait :

— Un pigeon... non, une poule! Puis des

pâtes... vous savez ! Ah ! c'est trop bête ; je ne me souviens plus !

Et alors, sautant à pieds joints par-dessus les Alpes roses, elle songeait, la tête un peu penchée sur l'épaule, aux dîners futurs, là-bas, en Allemagne.

Du beurre, du café, de la bière ! Toutes choses qui lui écarquillaient les yeux ! et les mélanges bizarres du mouton aux confitures, et du bœuf aux prunes en compotes ! Elle partait alors d'un éclat de rire fou, qui s'envolait en fusées sonores, pour s'éteindre peu à peu, avec des hoquets par moments. Ah ! que ce serait amusant, tant de choses nouvelles!

XXIII

Wilhelm, lui, riait moins, gonflé d'une joie
plus tranquille. Il s'était vite décidé à partir.
Depuis la fin de l'hiver, il en mourait d'envie :
la patrie, avec ses vieux usages, ses paysages
familiers, sa langue, sa cuisine compliquée et
copieuse l'attiraient.

Voilà qu'il y allait avoir sept ans qu'il la
quittait, sa chère province, l'âme meurtrie et
le cœur vide, et il lui semblait qu'il y était
demeuré lié par une nuée de fils mystérieux,
qui le tiraient par petites saccades, doucement, avec des chuchotements persuasifs :

— Reviens, Wilhelm, reviens ! As-tu déjà
oublié notre beau fleuve et ses rives escarpées,

et ses terrasses de vignes, et ses burgs écrou-
lés, que tu saluais de leur nom, au passage,
ainsi que de vieux camarades? Et nos plaines,
et nos bois, et ton village, avec la flèche den-
telée de Saint-Apollinaire, et la rue en pente,
la maison au pignon pointu où tu es né, et
le cimetière ombreux où dorment les tiens?
As-tu oublié tout cela?

Que non pas! L'aveugle avait, gravés, là,
dans sa tête, les moindres traits de ces tableaux aimés. Il se rappelait chaque chose;
ses yeux même, ses yeux, qui ne voyaient
plus, avaient gardé comme le reflet de ces
pages, lues et relues autrefois, du temps qu'il
n'était pas aveugle.

Peut-être qu'aussi, au milieu des ténèbres
de cette nuit éternelle, ils avaient, ainsi qu'en
une chambre noire, conservé plus fidèle
l'image de la patrie absente.

Aux premiers mots de la petite : « défen-
dez-moi, emmenez-moi bien loin ! » il n'avait
pas hésité; dans la minute, son parti était
pris. Il enverrait sa démission à Santa-Maria,

prendrait congé de ses élèves, et, au moyen
du petit pécule, prudemment mis de côté
chaque mois, il aurait tout le temps de voir
venir, soit des leçons nouvelles, soit un pupitre dans l'orchestre d'une ville d'eau. Et
Dieu sait s'il en manquait sur la route !

Jusque-là, on vivrait au jour la journée :
ici, menant un mort en terre ; là, faisant
valser une noce. Aussi bien, la fillette n'était
point délicate, et elle paraissait si contente !

— Bah ! tout irait bien, pensait-il.

Sans doute, il ne serait pas parti seul. Ah !
non, par exemple ! Il avait trop présent à
l'esprit ce voyage à tâtons, solitaire, accompli
en cette année navrante ! Ç'avait été terrible ;
on eût dit que chaque pas en avant lui arrachait un peu de vue ; chaque matin, l'ombre
s'épaississait, plus dense que la veille, devant
ses prunelles dilatées.

Et que de chemin inutile, que de marches,
que de contremarches, sans guide, à travers
un pays inconnu, dont il n'entendait pas la

langue chantante, qui semblait fredonnée à bouche close !

Il avait bien fallu s'y mettre ; mais que de peine pour cela ! Et ces villes, mornes étapes de sa misère, où il avait égrené ses années de jeunesse, combien il en avait foulées avant d'arriver à Vérone !

Quant à manger encore le pain dur de l'émigré, mendié, le rouge au front, sur les routes, non, cent fois non ! Il s'agirait de la vie, qu'il ne recommencerait pas !

Avec Zanetta, quelle différence ! La chère enfant, si attentionnée, si prévenante, et puis si douce et si facile ! une vraie petite « maman ». Elle avait si bien pris les plis de sa manière de vivre : l'heure de ses repas, ses manies, sa pipe accrochée à telle place, et ses pantoufles dans tel coin, toujours le même, afin qu'il n'eût pas à chercher... et une foule d'*et cætera* doux et câlins comme une berceuse de nourrice !

Dans ce complet abandon d'initiative, dans ce désintéressement des choses, égoïste et

10.

affaissé, dans cette insouciance molle des
soucis matériels, il s'en était remis là-dessus
entièrement à sa *Mütterlein*, comme il l'appelait.

Elle le menait, lui disait :

— Mangez, ou levez-vous, ou dormez, il
est temps d'aller à Sainte-Marie, ou chez la
signora Barbesi.

Et il se levait, mangeait ou dormait, sans
même un essai de résistance, tant cela lui
semblait simple qu'il en fût ainsi.

Il avait glissé insensiblement à une inertie
lâche et paresseuse d'enfant gâté ou de vieil-
lard impotent. L'idée ne lui était jamais venue
qu'un jour elle pourrait partir, le quitter :
impossible ! Leur union était si étroite, ils
étaient si frileusement serrés l'un contre
l'autre, qu'on eût dit d'une âme dans deux
corps, joints par quelque membrane invisible.

Elle absente, il serait mort, cela ne faisait
pas l'ombre d'un doute ; non de désespoir, de
chagrin, encore qu'il l'aimât bien au fond,
mais de besoin, peut-être de faim. Est-ce qu'il

eût fait un pas pour se nourrir, si elle l'avait abandonné? Sans son aide, il n'aurait pas levé le petit doigt : c'était plus que sa chose, c'était le sens qui lui manquait, son œil.

Certes, il était touché de son attachement, de ce dévouement de caniche, sans lui témoigner pourtant une de ces affections grandes, bien que sans phrases, qui se trahissent par la caresse de l'accent et la moiteur d'un serrement de mains.

Ah! si elle était partie pour un temps, il aurait vu! L'absence eût percé son cœur blasé des mille piqûres de l'attente; la reconnaissance, qui sait? l'amour même, qui sommeillaient sous des cendres, eussent flambé peut-être, attisés par le souffle brûlant des regrets. L'amour? Un amour filial, et point d'autre sans doute !

Tel quel, enfin, la fillette s'en contentait, bien que parfois un mot, un geste plus tendre, vînt réveiller en elle un sentiment plus vif, qu'elle n'y voulait pas voir.

XXIV

Ils étaient arrivés aux remparts, et ren-
traient en ville par la porte Neuve ; devant le
poste, des soldats de la ligne, en capote gris-
bleu, jouaient aux cartes sur un banc, fait
d'une large pierre tombale, avec des rires
gras et des claquements de cuisse sonores ; ils
levèrent les yeux et se regardèrent, rendus
sérieux par la vue de ce muet couple d'amoureux qui passait.

— Où sommes-nous, interrogea l'aveugle ?

— Dans le *stradone* de la porte Neuve,
maître Wilhelm ! Êtes-vous las ?... Prenez ma
main...

Et tous deux cheminaient en silence, leurs

têtes bouillonnant d'un monde de visions
et de souvenirs : déjà cependant quelques
regrets venaient discrètement accrocher une
cravate de crêpe aux branches fleuries des
espoirs de l'enfant; d'abord, elle n'avait vu
que la fête du départ, le tourbillon des prépa-
ratifs de voyage, comme l'escapade d'une
fillette avec son promis.

Oui, elle allait secouer ce servage, abjecte-
ment sali par des offres honteuses, échapper
à ces ennemis jurés de sa belle candeur de
vierge. C'était vrai, et pourtant... A mesure
qu'elle y songeait davantage, ce n'était point
tout rose de partir, de quitter cette chère
vieille ville, où elle était née, où elle avait vécu
quinze années, sinon heureuses, du moins
insoucieuses et semées çà et là de quelques
plaisirs.

Vraiment, il y avait de bons moments, parfois; et elle apercevait, dans une sorte de
vapeur grisâtre, les mille incidents de son
enfance agitée de pauvresse; les fugues à la
campagne, sur l'Adige, aux eaux blanches;

les goûters de pommes vertes, et les longs
baisers donnés aux lèvres de bronze des fon-
taines.

Elle revoyait les marionnettes et le pour-
point bigarré du *signor Arlecchino ;* et la
musique militaire, le soir, sur la place Victor-
Emmanuel ; et les longues théories chamarrées
d'or des processions, par les rues, et le carillon
des jours de fête, et le ruissellement des
nappes d'autel, jonchées de fleurs, sous la
lueur tremblotante des cierges ; et les age-
nouillements tassés sur les dalles humides, et
les hymnes, et les chants de gloire, et les
fumées bleuâtres et enivrantes de l'encens.
Elle se recordait les revues sur la place
d'Armes, avec le crépitement des feux de
salves, et les beaux messieurs, les jolies
dames, bien mises, dont les traînes balayaient
la poussière des promenades ; et ces rues,
enfin, ces rues, dont elle connaissait les
moindres méandres, les recoins les plus
sombres ; ces maisons peintes de fresques,
qui tombaient par écailles, laissant des corps

sans têtes, et des bras, aux manches larges, sans mains ; elle pensait aux deux tours, un peu penchées, de Santa-Anastasia, à la statue de Dante, aux Arènes, à ses chères Arènes, qu'elle avait aimées, qu'elle aimait encore d'une si furieuse passion !

Faudrait-il renoncer à tout cela ? Et pourquoi, je vous le demande ? Rien d'aussi beau sans doute ! Wilhelm, il est vrai, affirmait le contraire ; pour sûr, il enjolivait, faisant son métier de conteur...

Oui ! mais il serait là, toujours ; et quoi de mieux pour trouver tout charmant ?

Malgré qu'elle en eût, cela la peinait de ne plus voir l'ovale de ses Arènes, dorées par dix-huit siècles de soleil, avec leur ceinture d'échoppes noires, fermées par des barreaux, gros comme des cierges d'autel, où on emprisonnait, dit-on, au temps jadis, d'épouvantables bêtes pour manger les chrétiens.

Elle voulait les fouler à tout le moins une fois encore, à son aise, leur dire un long adieu, et emporter d'elles quelque chose de

plus qu'un souvenir vague, que les ans
effacent : une fleur séchée, par exemple, ou un
menu débris de marbre. Ça lui serait un talis-
man pour là-bas, un porte-bonheur, cela
causerait de Vérone avec elle, de la patrie !

Oui ! il le fallait, elle y retournerait, à ces
ruines chéries, et sentirait un dernier coup
branler sous son pied ces vieilles pierres.

Si elle avait osé, elle y eût entraîné
Wilhelm !

Pourquoi non ?... Oh ! ce serait mieux
ainsi ! Justement, ils en étaient à deux pas ;
et Zanetta, sans rien dire, tirait doucement la
main de l'aveugle, et lui faisait traverser la
place Victor-Emmanuel où se dressent au
levant les formidables assises du Cirque
Impérial.

Mais lui, trouvant qu'on marchait bien
longtemps en ligne droite :

— Où me mènes-tu, petite, nous n'avons
pas tourné dans la rue Neuve ? dit-il.

— Ici, tout près, maître : aux Arènes, s'il
vous plaît, ce ne sera pas long, et ne vous

causera nulle fatigue. J'aimerais, voyez-vous,
à prendre congé de ces gros murs qui m'ont
vue si petite ; et comme demain... Elle poussa
un soupir inquiet, et ses yeux la piquèrent
comme si elle allait pleurer.

— Soit, mais je t'attendrai au pied, car
j'aurais trop de mal à me hisser jusqu'au
faîte.

Cela ne faisait pas le compte de Zanetta !
Oh ! non, certes ; elle mourait d'envie de
s'asseoir en haut, tout en haut, sur les der-
niers gradins. Mais est-ce qu'elle aurait le
cœur de le laisser seul, lui ? Il n'y fallait pas
penser ! Elle ne jouirait pas de son plaisir,
l'esprit galopé par l'ennui de l'aveugle, assis
sur une borne, à l'ombre, l'attendant.

Non, ils iraient tous les deux, bien doucement ; elle se l'était mis là ! Et elle lui place-
rait elle-même les pieds aux endroits sûrs,
l'aiderait de son mieux, le tirerait par son
bâton.

— Pour me faire bien contente ! maître

Wilhelm ; oh ! dites, ce sera si gentil ; vous ne voudriez pas me refuser la dernière chose que je vous demande à Vérone ?

XXV

Et elle l'entraîna, triomphante : ils entrèrent dans une boutique sombre, à mine de cachot, où s'entassaient contre les murs des piles croulantes de ferrailles aux formes bizarres et vieillottes.

Il y avait là, faiblement éclairés par une mince chandelle fichée au goulot d'une bouteille, des tas de fers à cheval, pelles bossuées, hachettes, masses d'armes, lames d'épées, faucharts, épieux de chasseurs, pincettes énormes ; un amoncellement d'objets disparates, depuis les landiers carrés des métairies, jusqu'aux chenets ouvragés et armoriés des gentilhommières, depuis les

pinces des forgerons jusqu'aux tenailles compliquées des tortionnaires : tout cela tordu,
brisé, minable, sous le rouge uniforme et
sanglant de la rouille.

Une vieille, courbée en deux comme une
faucille, se leva d'un coin noir, où elle était
grignotant une galette de maïs, et salua la
petite d'un « bonjour » familier ; l'escalier du
vomitoire était passable : les revendeurs, qui
en usaient, avaient, d'un morceau de brique et
d'une poignée de ciment, pansé les plus
profondes blessures ; et Wilhelm grimpait
sans trop de peine, hissé par Zanetta, qui
montait à reculons.

En passant des ténèbres de l'échoppe au
plein soleil des Arènes, elle fut un instant
éblouie, et dut faire à ses yeux un écran de
sa menotte effilée de fillette.

Quand son bras retomba avec un balancement le long de sa hanche, et qu'elle eut
contemplé longuement le panorama de la
ville et des plaines arrosées par l'Adige ; quand
du regard, elle eut fait le tour de ces cercles

concentriques, qui descendaient, se rétrécissant, vers l'arène, envahie par les herbes folles, elle fut prise d'un vertige, d'une sorte d'ivresse soudaine : elle se sentait des fourmis aux jambes ; ses petits pieds, dansant dans des souliers trop larges, impatients, frappaient la pierre en cadence, mordus tout d'un coup par des démangeaisons de courir, de galoper comme jadis, de s'étourdir et de se payer une dernière griserie d'air pur et de lumière crue...

Ce ne fut qu'un éclair, la vision fugitive des folles courses d'antan ; vite, elle fit taire ses envies insensées de gamine, et, posément, à petits pas, elle allait, traînant l'aveugle, qui suait et soufflait, avec un martelage continu de sa canne sur les dalles.

Enfin ils étaient en haut, sans autre accroc qu'un éboulis de pierrailles sous le talon de chevrette de Zanetta. Et, après qu'en prudente maman elle eut assis l'aveugle sur une marche point branlante, elle, debout, se haussait dessus ses pointes, comme si elle ne

se trouvait pas encore assez grande comme
ça.

Le vent lui fouettait le visage, ébouriffant
ses cheveux cuivrés, qui formaient deux
grandes ailes de chaque côté de sa petite tête
fine et osseuse d'angelot, envolé d'une toile
de Cimabuë ; la bouche entr'ouverte, les bras
collés au corps, les doigts écartés, elle ne
bougeait pas, aspirant l'air de toutes ses
forces, emplissant ses poumons de cette brise
embaumée.

Comme un plongeur, avant de revêtir le
scaphandre, elle respirait longuement, en
provision ; peut-être aussi qu'elle voulait
emporter là-bas la saveur familière et douce
de l'air natal.

Les yeux démesurément ouverts, elle regardait de toute son âme, sans cligner même,
voulant à tout prix imprimer dans sa prunelle,
où luisait une flamme d'idée fixe, ce spectacle
adoré qu'elle ne reverrait plus. Et si, éblouie
un moment, une larme perlait à l'angle des
paupières, d'un coup de pouce ennuyé elle la

renfonçait, les yeux écarquillés de plus belle.

A l'horizon, le soleil descendait derrière le contrefort des collines qui embastionnent le lac de Garde, embrasant Véronnette de ses rayons obliques.

Devant elle, le V arrondi de l'Adige flamboyait comme un torrent de lave en fusion, tandis que, sur les quais, le Nouvel Arsenal faisait une large tache d'ombre, en face du Château-Vieux, qui resplendissait, incendié.

Quand elle se retournait, piétinant sur place, elle voyait la ligne brisée des remparts, comme un galon foncé, aux cassures nettes, çà et là piquées d'un point lumineux, d'une paillette, soit les toits d'ardoises des casernes, soit les tours, percées de lucarnes en ogives, du château Saint-Félix ; puis c'étaient les églises, Santa Anastasia, dont les vitraux luisaient, ainsi que des yeux rouges d'albinos, et la Cathédrale, et Saint Pierre Martyr ; puis la Pinacothèque et le palais Ginoti ; et les ponts, le Pont-Neuf, le pont delle Navi, d'une blancheur de craie, enjambant par trois fois

la raie d'encre du fleuve; la place d'Armes
enfin, avec l'étincellement de baïonnettes
d'une troupe en marche, et le rectangle laiteux
des portiques de marbre du cimetière, où les
ors des croix semblaient des lampes allumées
dans l'ombre tremblotante des cyprès.

Et, tournant sur elle-même, de ses deux
mains liées, elle envoyait des paquets de
baisers bruyants aux rues, aux places, aux
jardins, à l'Adige, à ces plaines coupées du
vert naissant des rizières, à tous ces vieux
amis muets et fidèles.

Peu à peu, elle se laissa aller à ce mouvement lent, puis plus rapide, de rotation sur
place; elle virait, entraînée, avec des glissements de pied saccadés, au bord de l'étroite
margelle de pierre, usée et glissante, jetant en
avant, d'un geste machinal, ses mains larges
ouvertes... Tout à coup, étourdie, saisie de
vertige, elle tomba avec un petit cri d'oiseau
blessé.

Au son de cette voix connue, Wilhelm
s'était levé; il avançait à tâtons, frôlant du

bout de son bâton l'angle droit du gradin, les bras étendus, à demi courbé.

— Zanetta... Zanetta, criait-il, c'est toi qui as appelé, n'est-ce pas? où es-tu? *Mein Gott!* pas de réponse! Oh! malheur! malheur! elle s'est précipitée, la folle!... Oh! y voir, une minute!... Dieu! n'être bon à rien... Dieu juste!...

Ses paupières battaient furieusement, rageuses, et de ses ongles, il égratignait ce mur de ténèbres, unique et insurmontable obstacle au salut de son amie...

— Zanetta, râlait-il, la gorge asséchée d'une colère sourde d'impuissance, je t'en supplie, parle-moi, que je puisse au moins me guider sur le bruit de ta voix!

Soudain il s'arrêta : il croyait avoir entendu comme une plainte étouffée; il lui sembla que sa canne, qui fouillait le jointement des pierres, avait rencontré la résistance molle d'un corps; il se tenait coi, l'oreille aux aguets, cassé en deux par une angoisse mortelle.

11.

... Il ne s'était pas trompé ; c'était bien le vent d'une respiration humaine qu'il avait perçu tout à l'heure. Et voici que, sans souci du danger, brusquement il se jette à genoux ; il rampe, il s'approche, quêtant, comme un braque dans une cépée. Dieu soit loué ! il vient de sentir sous ses doigts les plis d'une robe de laine.

C'est elle !... Et avec des précautions infinies de jeune mère, il la prend toute dans ses bras ; ses pauvres mains, inertes et glacées, il les presse dans les siennes, et les frictionne et les réchauffe. Fiévreusement, avec une hâte nerveuse, il palpe le petit corps sans vie, à gauche, à droite, devant, derrière ; il scrute, sonde, ausculte, cherchant le cou, la tête, l'oreille collée à la poitrine. Rien ne bouge ; elle est muette, le front est baigné d'une sueur froide ; les yeux sont fermés...

Soudain les lèvres entr'ouvertes ont laissé passer entre les dents serrées un sifflement imperceptible.

— Zanetta ! gémit le pauvre homme éperdu ; Zanetta !

Elle n'est pas morte, puisqu'elle a tressailli à l'appel, deux fois sangloté, de son nom ; un frisson a galvanisé les muscles de sa face...

Alors, soulevant la tête de la petite, il colle ses lèvres sur ses lèvres exsangues, et souffle de toute sa force.

... Il souffle sans relâche, avec une ardeur patiente d'insensé, et peu à peu la chaleur revient, le sang circule et la fillette, s'éveillant comme d'un rêve :

— Ah ! Wilh lm, murmure-t-elle, quel dommage de ne pas être morte ainsi, dans vos bras !

XXVI

Dès la fine pointe du jour, le lendemain, Zanetta était sur pieds, n'ayant gardé de sa chute de la veille, qu'une sensation de vague à l'âme, et de *morbidezza* dans les jambes.

A peine si elle avait dormi une heure, tant la fièvre du départ la galopait : même elle avait un peu battu la campagne, dévidant, sans s'en rendre compte, tout un écheveau embrouillé de pensées sans suite, jusqu'au moment où le poing de la Tonsura, dans la mince cloison de planches ébranlée, l'avait brutalement rappelée à elle. D'ailleurs, elle était toute prête : la veille, elle ne s'était jetée, non dévêtue, sur son lit, qu'après avoir empilé

ses pauvres hardes dans un petit sac de toile
jaune, que Wilhelm lui avait acheté dans un
bazar du *Corso*.

Une arche de Noé, cette valise ! Avec un peu
de linge très ravaudé, une robe de mérinos
toute neuve, et des brodequins à fortes
semelles, elle avait mis, pêle-mêle, un bouquet
de primevères cueillies aux Arènes, un carton
plein de cailloux noirs et blancs, de formes
rares, précieusement récoltés dans le sable
des promenades, un livre de messe relié de
veau gaufré, d'où passait la dentelle à jour
des images saintes, un cornet de sel blanc
(est-ce qu'on savait, dans ce pays par delà les
Alpes, connaissaient-ils ça, seulement?), un
bout de ruban cerise sur sa rouelle de bois
blanc, trois oranges fort ridées; puis un lot
complet de portraits d'hommes célèbres, le
Roi, Garibaldi, le Pape,... découpés des journaux illustrés ; enfin, dans la pochette, fermée
par un bouton d'os, elle avait glissé sa bourse,
brodée de nuances criardes, où des gros sous
tintaient, enveloppés d'un billet de banque de

cinq livres. C'était tout, fortune de bouche,
fortune de cœur, un vrai déménagement de
souvenirs.

Et Zanetta, dans l'attente inquiète de
l'heure, défaisait et refaisait d'une main dis-
traite les rangements de la veille : voyons!
avait-elle bien tout?

Elle n'aurait pas laissé une épingle derrière
elle.

Puis il fallait bien s'occuper : tout dormait
encore dans la maison. Madame Tonsura ronflait formidablement, et le bel Emilio, le succes-
seur en fait sinon en titre de Baldassare, gémis-
sait une plainte aiguë et nasillarde.

Dans la rue, toute noire, un grand silence
planait, coupé parfois par le tintement aigre
de l'angélus d'un couvent, et les sonneries de
dianes lointaines. Machinalement, la fillette
s'était laissée aller sur sa paillasse, égrenant
entre ses doigts les graines rouges d'un chapelet.

Puis, prise d'une lassitude lourde, elle

s'était endormie doucement, ses jambes repliées sous sa jupe.

L'horloge de Santa-Anastasia, qui sonna sept heures à contre-temps avec le Dôme, l'éveilla en sursaut : le soleil dardait dans la boutique, par les fentes des volets, de longs pinceaux de clarté rousse, où dansaient des poussières d'or. Elle se frotta les yeux, ne se rappelant plus rien, l'esprit engourdi de sommeil.

L'eau fraîche de la terrine, où elle trempa sa figure, la fit se ramentevoir tout d'un coup : pourtant elle tâtonna quelque peu encore, ayant du mal à se reprendre.

Alors elle n'en eut pas pour longtemps d'arranger sur sa tête les plis droits de sa mantille, retenue derrière par une large épingle de jais, en forme de flèche ; son sac d'une main, elle monta chez Wilhelm, d'un pas point très crâne encore.

Ah ! je vous jure pourtant qu'elle ne soufflait pas en arrivant au haut : on lui eût dit qu'il n'y avait plus que dix degrés au lieu de vingt, qu'elle l'aurait cru, bêtement, tant cela lui avait paru court et aisé, cette escalade dernière !

Pas une fois elle ne trébucha sur les marches usées, mangées en rond comme les tartines beurrées des petites filles...

La porte était ouverte, et elle entrevit l'aveugle, en bras de chemise, qui fumait à la lucarne, le buste penché en dehors.

— *Presto, presto !* maître ! Il est temps de partir ; mais qui portera votre valise ?

— Un commissionnaire.

— Je cours, alors. Il y en a juste un devant l'hôtel de la Colombe. *Via !*

Un quart d'heure plus tard, Wilhelm et Zanetta, se donnant le bras, quittaient, sans regrets, la rue de la Paille ; le *facchino* suivait, avec les sacs et le violon dans sa boite noire.

Les boutiquiers les regardaient curieusement, les yeux émerillonnés par des envies de savoir, la langue picotée de démangeaisons questionneuses.

Une vieille, en cornette de nuit, qui se coif-

fait à sa croisée, leur souhaita de loin bon
voyage et bon retour, s'il plaisait à Santa
Maria, tandis que, sur le pas de la porte, le
ménage Eufêmia-Emilio, et Vespasiano Castellani, à sa fenêtre, esquissaient, chacun
selon ses moyens, une épouvantable et rageuse
grimace.

DEUXIÈME PARTIE

Hélène. « Oh! si mes prières pouvaient
éveiller une pareille affection. »

Shakespeare. (*Le Songe d'une nuit d'été.*
Acte Ier, scène Ire.)

I

. Lorsque l'énorme diligence, à caisse jaune, dévalant la rue en pente, avec le grincement plaintif du sabot, déboucha, au grand trot de ses cinq postières, sur la grand'place de Coire, les servantes, en tabliers blancs à bavolets, qui emplissaient leurs seaux à la fontaine, tournèrent la tête, d'un seul mouvement, dans leur hâte curieuse de dévisager les nouveaux débarqués.

, Pendant que le facteur de la poste, la pipe courte au bec, reçoit des mains du courrier le sac de cuir flasque aux dépêches, et que les garçons d'écurie, bras nus, détellent les bêtes fumantes, le maître d'hôtel du *Steinbock,*

correctement vêtu de noir, la bouche souriante, ouvre la portière du coupé : il a compté,
le pauvre homme, sur une riche moisson de
touristes d'importance...

Non, rien ne saurait peindre la moue
piteuse et ahurie de l'hôtelier à la vue de
Wilhelm, qui, aidé de Zanetta, descend de la
voiture, les mains empêtrées de menus paquets. Est-ce là, je vous le demande, le contenu ordinaire d'un coupé qui se respecte?
Malheureux *Steinbock !*

Non, en vérité, ce n'est point la fournée de
voyageurs de marque, rêvée par cette honnête
face d'empoisonneur patenté. Il recule, pinçant les lèvres, effaré, à l'idée du superbe
menu de table d'hôte, élaboré en pure perte
par le chef et ses marmitons ordinaires.

Et, la mine vexée, effilant entre ses doigts
les pointes de ses favoris roux, il se dirige,
sans entrain, vers la portière d'intérieur, qui
se vide peu à peu et vomit sur le pavé le menu
fretin des commis-voyageurs, panachés de
marchands, en cottes bleues, et de commères
endimanchées.

Allons ! c'est encore une fois manqué. Et la
truite de l'*Inn*, sauce verte, et le cuissot de
chamois à la chasseur, et le gâteau de se-
mouille à la framboise resteront pour compte
à l'office... à moins pourtant que le courrier
de six heures...

Et l'hôtelier, ranimé par l'espoir, rejoint,
en sifflant, un groupe bavard de garçons, ra-
sés de frais, sanglés dans leurs habits noirs
trop justes.

— Hein ? fit l'un d'eux, que vous avais-je
dit ? J'avais aperçu de loin la diligence. Pas
de bâche étalée : le dessus plat comme la
main... mauvais signe !

On était aux premiers jours de mai, et, bien
qu'une pareille disette de touristes n'eût rien
d'anormal en cette saison, le *Steinbock* se
lamentait, de la cave aux combles ; car il
avait tablé sur un « retour d'Italie » abon-
dant.

... Pendant que les sommeliers, en tabliers
de serge verte, épanchaient leur ennui dans
le sein des filles de chambre, plastronnées de
coton blanc, nos amis se faisaient indiquer

une auberge modeste : c'était dans la vieille
ville, et, passant sous la porte Amburg, ils
s'acheminaient sans parler, les jambes raides,
encore engourdis, hébétés par un voyage de
treize heures dans l'étroit coupé...

Zanetta ne toucha guère au souper qu'on
leur servit sur un coin de table, marbré de
choses gluantes, dans l'estaminet enfumé ; la
pauvre enfant était rompue : sa tête, comme
mal assise sur ses épaules, penchait de gauche
et de droite, sous le poids d'une envie de dormir irrésistible, puis se relevait, brusquement
éveillée par un cliquetis de verres ou un rire
épais d'ivrogne.

Qu'elle était lasse, la pauvrette ! et qu'un
lit, n'importe lequel, eût été le bienvenu !

Elle ne se plaignait pas ; mais, parmi
la pénombre grisâtre, où elle distinguait,
comme au travers d'une gaze, Wilhelm qui
mangeait, avec un bruit pressé de mâchoires,
d'énormes portions de viandes noires, nageant
dans une sauce visqueuse de pruneaux cuits,
et se versait de pleines chopes de bière, lam-

pées d'un trait, dans son petit cerveau sur-
excité d'ignorante, les mille visions de la route
dansaient une diabolique sarabande.

D'abord, l'émoi peureux, les étonnements
mi-tristes, mi-joyeux du départ, dans ces
longues cages de bois nu, emportées d'une
course folle, en un mouvement de lacet infer-
nal, par ce monstre fumant, soufflant et sifflant ; les échappées rapides de pays, entrevus
comme au vol, les forêts, les maisons, les
plaines verdoyantes de l'espoir des moissons
prochaines, toutes ces choses qui semblaient
fuir à tire - d'aile ; les grands yeux étonnés
des bestiaux dans les pacages et les bonds
effarés des poulains au vert ; les susurrements
tristes du vent dans ces fils, d'un usage inconnu, qui zigzaguaient le long de la voie.

Est-ce qu'ils les suivraient partout ainsi ?

Et, involontairement, elle avait porté la
main à son cou, tremblant d'y sentir le froid
du collier, où cette chaîne était rivée, qui la
liait pour jamais à Vérone.

Puis les arrêts, avec le va-et-vient des hom-

mes d'équipe, des voyageurs ; un nom de station bizarre vingt fois répété, les cris des
fillettes courant le long du train, avec des
plateaux de boissons fraîches et des liasses
de journaux.

Puis encore la nuit des tunnels, où l'on
s'engouffrait avec un fracas terrible, et l'épou-
vantement rapide des convois rencontrés ;
enfin l'arrivée à Lecco sur le lac ; le charme
doux et reposant de ce joli nid blanc, couché
en rond, ainsi qu'une levrette, aux bords de
cette eau bleue, semée de voiles d'argent ; le
vert tendre des rives, piqué du rouge des villas ; les collines tapissées de vignes et les
croupes dentelées des roches grisâtres, et là-
bas, tout là-bas, les cimes neigeuses des
Alpes, comme ces moules de glaces à la vanille, qu'elle se rappelait avoir admirés à la
vitre des *conditorei*.

Mais déjà il avait fallu en rabattre de ce
gracieux mirage de joie silencieuse et tranquille, de paix profonde et charmeuse : la
jolie baie avait soudain tressailli des siffle-

ments stridents du *piroscápo*. Zanetta s'était
bouché les oreilles, et c'était avec une grosse
peur qu'elle avait mis le pied sur la passe-
relle.

Petit à petit, assise à l'avant sur un paquet
de cordages roulés, elle s'était laissée prendre
à ce plaisir tout neuf d'une traversée, à l'enivrement de la vitesse, sans fatigue et sans
bruit ; les yeux clos, tête nue, elle offrait,
souriante, son front aux caresses de la brise,
qui lui apportait mille parfums délicats et
nouveaux : elle avait suivi, amusée, le mou-
tonnement écumeux des vagues, soulevées
par la proue, qui coupait l'eau si proprement,
avec de petits clapotements tendres.

Le soleil s'enfonçait lentement derrière les
Alpes, glacées de tons violâtres d'une fraîcheur infinie, lorsqu'ils étaient arrivés à Colico,
dans le brouhaha de la vapeur renversée, des
manœuvres de bord, du carillon de la cloche,
et du grincement des amarres autour des
pieux branlants de l'embarcadère.

Elle revoyait la couchette étroite, où elle

avait dormi, cette nuit-là, quinze heures d'af-
filée ; un lit de sangle très dur, qui lui avait
paru bourré du plus fin duvet, de celui-là
même qu'on prend sous l'aile aux oies ba-
vardes ; puis, le lendemain, les trois chevaux
attelés de front à la berline, la route qui montait à travers une campagne morcelée, cultivée
en étages, comme un vêtement rapiécé de
pauvre homme, et les sarments noueux des
vignes, qui semblaient enjamber d'un orme
à l'autre ; puis Chiavenna, perchée comme un
coq de clocher, et les masses arrondies des
montagnes, et les pics blancs, couronnés d'un
diadème de nuées.

Là encore, nouveau changement à vue :
après un déjeuner avalé à la hâte, on avait
grimpé dans la diligence, à caisse peinte en
jaune serin, enlevée par cinq chevaux vigou-
reux.

L'intérieur était plein, et, vu l'absence de
voyageurs de marque, on les avait poussés
brutalement dans le coupé.

… Après, par exemple, il y avait une lacune; avait-elle pas un brin sommeillé, pendant l'interminable montée, au pas, à travers les éboulis de roches et les circuits de la pente rapide?

... Puis, c'était le tour des galeries taillées dans le roc vif, aux murs suintant d'humidité, où régnait une ombre épaisse, avec, au bout, un rond de clarté jaune, comme une veilleuse; c'étaient le mugissement des cascades et le murmure monotone des sources, qui tombaient goutte à goutte sur la pierre moussue, et la neige, enfin, la neige, qui recouvrait tout d'un blanc voile d'épousée.

Quel froid âpre, cuisant comme une brûlure! Avec quelle joie frileuse elle s'était serrée contre Wilhelm, en relevant le capuchon de sa mante!

Puis, elle revoyait l'uniforme sombre, à retroussis rouges, des carabiniers italiens; la frontière, la visite grognonne d'un douanier suisse, blond et rose, coiffé d'un képi galonné; là, tandis que, méfiante, elle épiait les doigts agiles de ce malappris qui fourrageait dans la

valise, elle avait souri aux gendarmes, des
Italiens comme elle ; même, à la dérobée,
elle leur avait jeté un long baiser d'adieu.

N'était-ce pas fini, maintenant ? Serait-elle
pas une étrangère pour tout le monde ?

Alors, en pensant à ces choses pas gaies,
elle s'était rapprochée de l'aveugle, qui ronflait dans son coin, avec un gros frisson peureux qui fit claquer ses dents ; car elle n'avait
plus que lui, à présent : elle était seule, toute
seule !

Enfin, on avait atteint le sommet du Splügen, un plateau blanc entouré de cimes blanches, à demi noyées dans la fumée opaque
des nuages ; et la descente avait commencé,
avec la plainte stridente du sabot, les claquements du fouet qui craquaient, se répercutant
contre les parois de roches sonores, et la fan-
fare aigrelette du petit cor que le postillon
portait en sautoir.

C'était effrayant, ma foi ! — elle n'était
pourtant pas une femmelette — cette route
en zigzags, qui tournait sans cesse sur elle-

même, pareille à une vis d'escalier, bordée à gauche par une muraille à pic, à droite par le précipice, où, tout au fond, comme un fil blanc, le Rhin roulait avec un grondement terrible.

Bien nommée, vraiment, cette Via Mala ! Ce devait ressembler à cela, le chemin de l'enfer !

Puis, on avait franchi encore des galeries très noires, et, la gorge s'élargissant peu à peu, elle était restée muette de stupeur devant le radieux spectacle du verdoiement sans fin de la vallée, que les deux bras du Rhin soutachaient de larges galons d'argent.

La route était devenue unie et très plate ; on avait traversé, au pas, un pont de bois couvert qui craquait affreusement ; et, en soupant dans un *Gasthaus* voisin, elle avait écouté, surprise, les bredouillements rauques, et comme essoufflés, d'un parler nouveau.

Elle n'avait pas mangé, attentive, prise d'une rage de comprendre, l'oreille déchirée par la dureté haletante et hachée de ces phrases.

Enfin, on avait longtemps, longtemps, longé un beau fleuve, plus large une fois que l'Adige, et elle avait fait son entrée dans Coire, lasse à mourir de ces deux jours de route...

— *Nun!* fit Wilhelm, qui secoua sur la table la cendre de sa pipe, allons nous coucher! Il est grand temps, et nous avons bien gagné notre lit. Hé! Zanetta! où sont les valises? Et le violon, est-il pas derrière toi, sur le banc?

Comme il ne recevait pas de réponse, il frappa de son couteau sur sa chope vide.

— Hé là! petite, hé là!

Mais la fillette dormait bien, cette fois, le nez dans son assiette à soupe.

Il fallut la porter à son lit, un cadre de sapin verni, haut comme une armoire, garni de rideaux de percale rose, où Zanetta ne fit qu'un somme, dans la chaleur molle de quatre matelas épais.

. . . .

II

Voyez-vous là-bas, dans la contre-allée, cette grande fille mince qui passe, frôlant la charmille?

Ne la reconnaissez-vous pas?

Quoi? cette peau de cire vierge, presque diaphane, mouchetée aux pommettes des joues d'un point d'incarnat, ces narines pincées, ces yeux agrandis encore, et qui font aujourd'hui l'effet de ces lacs qu'on rencontre sur les sommets, et dont les eaux unies et profondes sont toutes noires de l'ombre des vieux pins qui s'y mirent; cette taille fine et souple, droite et ronde comme le tronc d'un bouleau, ces cheveux de vieil or bruni qui s'embroussaillent sur un front labouré de petites rides?...

Est-ce elle, Zanetta?...

Qu'elle est changée la petite servante! Son chapeau de paille défraîchi, piqué de quelques brins de muguet, sa robe longue à tunique, luisante aux coutures, si longue qu'elle laisse voir à peine le bout de ses pieds chaussés de bottines grises, ses mitaines de fil noir lui donnent la mine sévère de ces pauvres filles, vous savez, de celles-là qu'on rencontre la jupe troussée, un rouleau de musique au bras, courant le cachet par la crotte!

Elle est si vieillie, la pauvre, que vous lui donneriez vingt ans. Et peut-être, la croisant au parc, la prendriez-vous pour une jeune femme, encore affaissée et toute veule d'une maternité récente.

Bah! le martyre de l'enfantement et les spasmes et les cris de détresse, quelle misère à côté de ce qu'elle a enduré, cette chère petite, si dure au mal pourtant!

D'abord, ç'avait été tout rose, une prome-

nade, un voyage de noces, une partie d'é-
coliers en rupture de classe, qui s'en vont,
gambadant, lâchés à toute outrance en pleine
escapade, et jetant à l'envi dans l'herbe des
prés, soucis des pensums, bouquins tachés
d'encre et cahiers d'étude.

Wilhelm était gai comme l'oiseau, et Zanetta riait de le voir rire, chantait de l'entendre chanter...

... Voici : ils expédiaient en avant leur bagage, et, libres, ils s'en allaient ainsi à petites
journées, s'arrêtaient en la salle basse d'un
chalet pour tremper une croûte de pain bis
dans une jatte de crème couleur de vieil
ivoire ; faisaient la sieste à l'ombre des noyers,
intéressés par le clapotement des cascades et
le gentil babil des ruisselets sous les mousses
chevelues.

Parfois, en un champ plein de fleurs, elle
cueillait tout en botte liserons aux clochettes
lavées de lilas et de rose, campanules bleuâtres, coquelicots, bleuets, genêts d'or ; puis,
assise à son aise, elle tressait des couronnes,

tortillait des guirlandes dont elle parait le
front de l'aveugle, et contente :

— Ne bougez pas, disait-elle.

Alors, avec des mines dévotes et confites,
elle s'agenouillait, adorant son cher génie,
son Dieu! Et de rire, si la couronne trop
large venait à lui faire un collier.

Le concert des oiseaux du ciel la clouait
sur place, immobile, et elle ne dormait pas la
nuit, ravie par le solo sans fin du rossignol,
ce fier chanteur, qui veut son nom seul en
vedette.

Les cloches des bestiaux l'enchantaient de
leurs belles notes graves et les *Ranz* des pâ-
tres l'attendrissaient jusqu'aux larmes.

Le soir, ils couchaient au fond d'une étable,
dans l'odeur humide et grasse qui montait en
bouffées.

Souvent, aux heures chaudes du jour, ils
s'étendaient sur la bruyère en fleurs, et l'artiste, tirant le violon de sa boîte, improvisait
sans se lasser, brodait sur un vieux thème

cent variations nouvelles, et à un *andante* rê-
veur cousait un *vivace* plein de feu.

Puis Zanetta, pour finir, lui plaçait les
doigts sur les cordes, de certaine façon : c'é-
tait sa manière à elle de demander l'air chéri
entre tous ; alors, mangeant Wilhelm de ses
yeux gonflés de larmes, elle en chantonnait
à demi-voix le refrain, qu'il lui avait appris :

> Plaisir d'amour ne dure qu'un moment :
> Chagrin d'amour dure toute la vie !...

Hélas oui ! c'était bien vrai, ces peines-là
sont éternelles !... Mais, las ! de ce livre d'a-
mour, plus court qu'une nuit de juin, ne
couperait-elle jamais les premières pages ?
N'en devait-elle pas connaître seulement la
préface ? Que lui importait que ces joies fussent éphémères, si, dans le parfum une seule
fois respiré de cette fleur, elle pouvait puiser
la force de vivre et de souffrir !

Elle la voyait là, tout près, à portée de sa
main, cette plante si fragile et si tendre ; en
se baissant un peu elle l'eût cueillie !...

Folle, folle! jamais, entends-tu bien? jamais!... Et, navrée, elle se sauvait à l'écart afin de pleurer tout son soûl, et revenait avec une fraise des bois parfumée, qui expliquait son escapade.

Après tout, elle était heureuse de cette vie de plein air, au travers d'une contrée nouvelle, qui, à chaque courbe du chemin, lui tenait en réserve une surprise, une Alpe rosée, un coin de vue charmant, la poussière d'eau d'une cascatelle.

Pour lui, chaque pas en avant le rapprochait de la patrie allemande. N'entendait-on point parler cette chère langue en tous les lieux où l'on passait? Ce Rhin, dont le bouillonnement d'eaux courantes caressait si gentiment son oreille, c'était bien ce même Rhin qui coule là-bas vers Coblentz! Aurait-on pas dit, vraiment, que ses flots jaunâtres s'en allaient devant, messagers rapides, annoncer au village le retour de l'enfant?

Les repas plantureux des auberges, les soupes épaisses, les rôtis épicés, noyés dans la

sauce gluante des compotes, la bière et ses
flocons de mousse neigeuse, tout cela ragail-
lardissait le cœur de l'aveugle, lui rappelant
la chère cuisine épicée de là-bas.

Zanetta, elle, en oubliait son amour mort-
né, n'avait d'yeux que pour la grosse joie
bruyante de Wilhelm; cela lui suffisait, ne
souhaitant même rien de plus. Après, on verrait, n'est-ce pas? Était-il bien surprenant,
dans la fièvre du retour, qu'il ne pût se douter de...

Que voulez-vous, puisqu'il n'y voyait goutte.
La connaissait-il seulement? Savait-il comme
elle avait le nez et les yeux faits? De la
bonté, du dévouement, des petits soins, ce
n'est pas tout, pas vrai? Encore faut-il qu'on
se plaise!...

Pourtant s'il avait été bien, bien attentif,
il aurait compris aux inflexions de sa voix,
qu'elle tâchait de fourrer d'un monde de
choses tendres.

Car elle ne se contentait pas de l'accabler
d'attentions muettes, elle s'essayait encore à

le caresser par la douceur mouillée de l'accent, mettant la sourdine à son timbre un peu éclatant de petite fille. Bah ! en pure perte, cela !

Quelle musique, cependant ! Quelles notes suaves, ouatées, chatouilleuses elle trouvait pour se frayer un chemin jusqu'à ce cœur endormi !

Elle n'en gardait point de dépit, ne disant pas :

— Il est sourd autant qu'aveugle !...

Mais :

— Je m'y prends mal, c'est sûr !...

Chaque soir et chaque matin, il lui posait au front un bon baiser paternel et sonore : c'était tout. Quoi donc ? il n'y entendait pas malice, si bien qu'un jour qu'elle était restée la joue tendue, se haussant dans l'espoir d'un embrassement moins banal, il l'avait repoussée avec un rire pudibond et très niais.

Cela était venu s'ajouter au petit tas de mots blessants, de brusqueries, marqués au coin d'une indifférence complète, toutes cho-

ses vaines en apparence et à tout le moins
puériles, mais qui au fond mordaient cruellement l'âme délicate et fragile de Zanetta; de
vrai, ce petit tas était passé monticule, grossi
de piqûres quotidiennes, qu'elle se plaisait à
rouvrir, à faire saigner avec une joie mauvaise d'enfant. Quelle mémoire elle avait! Tel
soir, à telle place, il lui avait dit ceci ou cela;
ici, il l'avait taquinée; là c'était son air favori qu'il avait refusé de lui jouer...

Elle ne lui en voulait point; non, il n'y
avait pas de sa faute, c'était inconscient,
malgré lui. Un aveugle, vous comprenez, ce
n'est pas comme un autre homme!

Ah, par exemple! s'il venait jamais à y voir
clair, cela changerait.

— Pourvu, pensait-elle, avec une pointe de
coquetterie candide, que le bon Dieu n'at-
tende pas, pour le guérir, que je sois toute
vieille et toute fanée!

III

Ils avaient ainsi atteint le lac de Zurich, et s'étaient logés dans une petite hôtellerie de Thalwyl, au bord de l'eau.

Lorsque l'hôte, le lendemain, avait apporté, sur une épaisse assiette de faïence, sa note crayonnée sur la marge d'une gazette, — deux soupers, deux couchers, total quatre francs, — Zanetta avait plongé la main tout au fond de la bourse commune et l'avait retirée promptement avec un « ah ! » de surprise, mêlée d'un peu de frayeur.

Sa menotte était vide, et, se mordant les lèvres, de peur de laisser échapper ce terrible secret, elle avait fouillé à la hâte dans son sac, et tendu à l'hôtelier un chiffon de papier, sali aux angles, que celui-ci avait pris d'assez mauvaise grâce.

Que faire ?... Avouer à Wilhelm ?...

Elle s'était arrêtée à un gros parti, après une journée d'hésitations songeuses ; elle se tairait, vendrait plutôt ses vêtements, son sac, ses moindres nippes, tout, même cette médaille d'argent, que sa tante Erminia lui avait nouée au cou, le jour de ses dix ans, lui disant que cela venait de sa mère !...

Tant pis ! et cette chère maman, qu'elle n'avait pas connue, qu'elle aimait pourtant de toute son âme, ne lui en voudrait pas, pour sûr.

Cela irait toujours quelque temps ! cela leur donnerait pour le moins une aune de cette « étoffe fragile dont la vie est faite » ! On verrait, après.

Avant tout, il fallait penser à l'aveugle, qu'un semblable aveu mettrait aux cent coups ; comment se remettre au travail, songer au

gagne-pain, la bouche encore toute sucrée du
goût de cette vie abondante et oisive?

Et tandis que Wilhelm fumait sa pipe, sur
un banc, au soleil, elle s'était esquivée, sans
bruit, et, entrant, essouflée, dans la première boutique, elle avait d'un seul coup
vidé son sac sur le comptoir; des mains, des
yeux, des lèvres, elle avait mimé une élo-
quente supplique à un jeune gars, aux cheveux filasse, qui s'occupait à retirer du four
une demi-douzaine de galettes dorées à point.

Le mitron, que ce langage par signes intri-
guait, avait traversé la rue d'une enjambée et
ramené l'épicier, son compère; nouveaux
gestes désespérés de la jeune fille, et nouvelle
sortie du jeune homme, qui, au bout de peu
de temps, était rentré cette fois en compagnie
d'un vieil homme, très cassé, bourrelier de
son état.

Celui-ci, plus avisé, avait conduit la petite
chez une brocanteuse, où le marché fut tôt
conclu.

Tout courant, elle était revenue à l'auberge,

serrant dans son poing fermé une douzaine de piécettes.

L'après-midi avait été charmante, grâce au masque rieur que Zanetta avait mis pour cacher la terreur qui fronçait ses sourcils et lui serrait la gorge.

On était parti en yole, afin de gagner Zurich, d'où l'on s'embarquerait vers Schaff-house.

Ah! c'était bien la peine de se hâter, vrai-ment, et de tant gourmander le batelier, qui ramait à son aise, et s'arrêtait parfois pour téter longuement un pichet de terre vernissée.

Lorsque la jeune fille avait compté les douze pièces de nickel dans la large main calleuse du rameur, celui-ci avait été secoué d'un gros rire; sans doute, il s'estimait bien payé! Mais, tenant sa paume toujours étalée, il avait apostrophé Wilhelm, d'un ton rien moins que satisfait.

Alors quelque chose s'était rompu dans le cœur de Zanetta; elle avait pensé mourir! C'était donc là le beau résultat de sa ruse!

13.

Était-ce bien la peine de reculer le fatal moment pour si peu ? Ainsi, le produit des chères reliques ne les menait pas même à l'autre rive du lac ? Que répondre à cet homme, à Wilhelm ? Là-bas, en ville, on aurait pu se retourner : elle se louer à la semaine, lui s'employer en un café ou un bal de barrière ! Mais ici, rien à faire ! Avant d'atteindre au but, tout craquait à la fois.

Une vision de mort, de fin suprême, de repos complet, avait, à ce moment, illuminé ses yeux, comme une flamme subite ; l'eau transparente et bleue la tentait ; mais elle s'était reprise aussitôt, avait reconquis sa force dans le regard blanc et vague de l'aveugle.

— Cet homme se plaint, avait dit Wilhelm, de n'avoir pas touché le salaire convenu ; donne-lui encore une pièce blanche, petite !

Puis, au bout d'un instant :

— Eh bien ! l'ami, êtes-vous content ? *Sacrament,* nous ne sommes pas des Turcs ; un malentendu, voilà tout !

Le cœur de Zanetta battait à coups redoublés, avec un bruit de mine lointaine; ses oreilles bourdonnaient, comme pleines d'eau. Ah! c'était trop, à la fin; et cet homme qui clamait toujours, ayant lâché les rames, et ce Wilhelm, tranquille et serein, qui plaisantait!

Si on avait pu arriver, seulement! A une portée de fusil, elle apercevait les cheminées d'usines, les maisons noires et les vieilles tours de Zurich, et la rade, avec le balancement cadencé de ses canots de promenade, verts et rouges, sur ses eaux couleur d'encre.

Soudain, elle s'était frappé le front d'un revers de main; en effet, comment n'y avait-elle pas songé? Sa valise oubliée à Thalwyl, cela arrangeait tout pour quelques heures; et de fait, ce pieux mensonge passerait comme une pilule frottée de miel.

Son sac était-il pas resté au village? — Pas par mégarde, il est vrai!

IV

Oh ! la cruelle nuit que ce fut ! Arpentant à grands pas la petite chambre minable d'auberge du dernier ordre, sans lumière, s'asseyant parfois sur une chaise, elle relevait d'un geste large d'ennui ses cheveux d'or, qui se collaient à son front moite. Demain, la fraude serait découverte !... Demain !

Par surcroît, Wilhelm commençait à souffrir de ses yeux ; le grand jour, le plein soleil, les réverbérations éclatantes sur les blancheurs irisées des glaciers avaient irrité les membranes malades.

Dire les angoisses de ce long mois poignant, qu'ils durent passer en cette ville maussade,

où tombe sans cesse la pluie noire des char-
bons d'usines, où la fumée épaisse et fétide
des cheminées drape le bleu du ciel d'un
rideau de crêpe sale : quelle tâche cruelle ! Oh !
l'horrible vie ; la mort n'eût-elle pas mieux
valu, cent fois ?

Jour et nuit, sans trêve, l'aveugle endurait
des tortures effroyables ; on eût dit que tous
les muscles de son front se tendaient en un
arrachement atroce et continu. Couché dans
une obscurité complète, la tête en un sac
d'étoffe verte, sans force, sans souffle, il geignait lamentablement.

Quelle musique, grand Dieu ! Un son
rauque, guttural, haletant, dans un mode
mineur, une plainte en *tremolo*, monotone,
désespérée ; une même note navrée, répétée
sans répit des journées entières.

Cela vous remuait, pinçant les fibres, tor-
dant les nerfs en un prodigieux agacement ;
cela tirait les larmes, cela eût rendu fou à la
longue. Ce gémissement, qui roulait avec des
remous bouillonnants de rapides, Zanetta ne

l'entendait que la nuit. Ne lui fallait-il pas, le jour, gagner de quoi payer l'auberge et les remèdes ?

Pour cela, elle avait pris vaillamment la place d'une fille congédiée, et se mettait en quatre, afin de contenter l'aubergiste, un brave homme d'ailleurs. Le soir, la besogne finie, les verres rincés, les assiettes relavées dans l'eau grasse, les volets clos, elle remontait bien vite près de son cher malade.

Parfois, renfonçant ses larmes, elle faisait taire sa tristesse, et, en dépit du sommeil qui pesait d'un gros poids sur ses paupières ambrées, sans souci de la fatigue qui lui coupait les jarrets en deux, elle chantait, en sourdine, une *canzonetta* pleine d'humour; et elle y mettait tant d'âme et tant de feu, la chère hypocrite, que les lèvres de Wilhelm ébauchaient un semblant de sourire, et sa plainte s'assoupissait un moment.

Une fois, qu'elle disait de sa voix claire de cristal taillé, ce couplet d'une barcarolle :

Or ché tardate ?
Bella é la sera,
Spira un'auretta
Fresca e leggiera :
Venite all' agile
Barchetta mia.
Santa Lucia !
Santa Lucia !

qu'elle finissait sur un *la* suraigu, lancé à pleine gorge, le médecin, un vieil allemand, gris pommelé, à lunettes, était entré à l'improviste; et, tandis que, confuse, elle se rencognait dans un angle, afin de cacher sa rougeur subite, une petite toux sèche lui avait déchiré la poitrine.

— Hé! Hé! ma jolie demoiselle, avait fait le docteur, ne jouez pas trop de cet instrument-là !

Petit à petit, le mal avait cédé, chez Wilhelm, à la force stupéfiante de la morphine, injectée à grosses doses; mais, jusqu'à nouvel ordre, il demeurait sous le coup d'une opération pénible et d'une issue douteuse.

Herr Schmitz avait bien mis en avant, de

son ton dogmatique fleuri de mots en *oum*, la
guérison probable de l'œil gauche, peut-être
même la vue totalement rendue : l'aveugle, qui
ne souffrait plus, se souciait peu d'affronter
de nouvelles tortures ; et, encore que Zanetta
l'eût supplié avec une chaleur d'accent étrangement persuasive, des larmes dans la voix,
il avait dit non, et un non sans réplique...

Que de peine il avait eue après à se remettre
au violon ! Ses doigts engourdis se traînaient,
gauches, raides et comme ankylosés sur les
cordes, il semblait qu'ils fussent collés l'un
contre l'autre par une poix singulièrement
tenace !

Ç'avait été tout un apprentissage, tenir
l'archet, pincer la note ! L'oreille elle-même
avait perdu de sa justesse.

Le train-train routinier de l'art revenu, ce
n'était pas tout encore ; il fallait une place au
théâtre, des leçons, n'importe quoi ! Bah !
l'aubergiste, le médecin en furent pour leurs
démarches : rien, ils n'avaient rien trouvé.
Et vivre ?

Restait la rue : mais c'était dur, avouez-le !
dégringoler de la tribune des orgues magis-
trales aux hontes quêteuses des carrefours !

Insensiblement, il y avait glissé pourtant.
Zanetta, la première, une après-dîner, avait
chanté sur une place, devant le porche encombré d'un hôtel.

Ah ! que cela lui avait fait mal, cette gaieté
menteuse ! Oh ! le martyre des rires qui s'égrè-
nent, avec le bruit de perles d'un collier défilé
dans une coupe d'onyx ! Que cela lui coûtait,
les roulades ! Les trilles lui arrachaient le gosier ; et le refrain bachique commencé, elle
l'avait bel et bien fini dans un sanglot.

Et quelle pitié de tendre la main, avec des
mines affamées et contrites ! Non, elle ne pourrait jamais ; le courage lui manquait ; elle
attendrait qu'on lui jetât son aumône, et, sitôt
ramassée, elle se sauverait, la tête dans ses
mains.

Et Wilhelm, alors ? Le pauvre ami n'avait
point fumé depuis trois jours ! Même, il ne
mangeait pas à sa faim, le cher homme ! Elle,

par bonheur, avait assez d'un pain d'un sou,
et donnait sa part à l'aveugle.

Tant pis, elle boirait la honte jusqu'au fond
du verre, d'un trait, pour n'en pas sentir
l'amertume. Son chapeau à la main, en manière
de sébille, décoiffée et charmante ainsi, les paupières demi-baissées, elle avait fait, le rouge
aux joues, la rage au cœur, le tour du cercle,
où des trous se perçaient peu à peu. En dépit
d'une volonté grande, elle n'avait pu aller
jusqu'au bout ; les yeux humides, haletante,
elle s'était dérobée au beau milieu de sa quête
et avait regagné l'auberge, à toutes jambes.

Quelques maigres repas, mouillés d'eau
claire, avaient eu vite raison des répugnances
de l'aveugle : on n'est point fier, le ventre
vide.

Ils s'installaient au jardin de la ville, et
donnaient des concerts fort suivis. Seule, la
première gorgée avait paru amère ; à présent,
cela allait à miracle, et les pièces blanches
tombaient en grêle sonore dans la soucoupe.

V

— Tiens! Zanetta, j'ai cassé la tirelire, dit Wilhelm un matin à la petite, fais-moi un peu le compte de la recette de la semaine !

— Cher maître, répondit la jeune fille avec un accent de fierté ravie, il y a cinquante livres et quelques sous : toutes dettes payées, s'entend !

— *Brava, bravissima !*

Et, se mettant debout, l'aveugle avait esquissé un pas de valse, et maintenant, attendri, il fredonnait une chanson de nourrice :

> Alle meine Entchen
> Schwimmen auf die See,

Köpfchen in das Wasser,
Schwänzchen in die Höhe!

Zanetta battait des mains avec transport : il y avait beau temps qu'on n'avait vu pareille fête ! Mais aussi, cinquante francs ! une somme ! le pain de longs jours assuré, et pas tout sec encore !

Et puis, lestés d'un si gros capital, rien ne s'opposait plus à ce qu'on poursuivît la route...

Le lendemain, ils étaient partis, avaient traversé Schaffhouse, Bâle, Fribourg, en chemin de fer, glanant dans les rapides arrêts des stations de quoi suffire aux dépenses journalières, et étaient enfin tombés à Baden-Baden, en pleine saison.

... C'est là que nous la retrouvons, la petite servante, si vieillie, si grandie, si mince, si mince, qu'il semble qu'on verrait au travers de son étroite poitrine.

Pourtant, ils nagent dans l'opulence à présent, comme on dit. Wilhelm fait partie de l'orchestre, à la *Conversation* ; cela lui prend

ses soirées et quelques heures du jour. Le
matin est à eux tout entier : aussi comme ils
en profitent !

Dès l'aube, ils sont en promenade, s'en
vont, par l'allée de Lichtenthal, longeant le
ruisseau qui clapote sur les cailloux luisants
de son lit peu profond ; et si la faim parle plus
haut que la joie de courir dans les prés, ils
s'arrêtent à la ferme prochaine, et déjeunent
de laitage et d'œufs frais.

Tantôt ils grimpent jusqu'au château, et
font la dînette sur l'herbe, tantôt ils restent
assis sur un des bancs de pierre du parc, et la
fillette enchantée ouvre ses yeux au large.

Le ravissant spectacle, en effet! Cela lui
rappelle un tableau de Canaletti, un tohu-
bohu de masques sur la place Saint-Marc, à
Venise, qui l'a passionnée toute une heure,
un dimanche, au *Museo Civico* de Vérone.

Quelle fête pour la vue, ces buveuses de la
Trink-halle, en robes courtes, serrées comme
des maillots d'étoffes claires; ces beaux messieurs, en « complets » gris, marivaudant avec

les Tyroliennes ; les étalages affriolants des boutiques, les gants, les bijoux, les rubans, qui se
mirent dans les verreries armoriées de Bohême !

Quelles pétarades d'exclamations ! Quel feu
d'artifice de remarques naïves ! Les « oh ! » les
« ah ! » tombent de ses lèvres et crépitent comme
les fruits murs d'un vieil arbre gaulé. Et sa
langue galope, galope : pas une minute elle ne
reste oisive. Ne faut-il pas mettre l'aveugle au
courant de ces merveilles qui passent et repas-
sent, ainsi que des figurants de théâtre ? Elle
entend qu'il y voie comme elle.

Rien ne lui échappe de ce qui brille, chatoie
ou froufroute ! Un vrai cicérone, cette petite !
Chaque officier qui se pavane, traînant son
sabre, pincé dans un uniforme de drap neuf,
la large casquette galonnée de rouge sur le
sommet du crâne, est étiqueté, dépeint, pho-
tographié depuis la pointe de ses bottes qui
craquent, jusqu'à sa barbe couleur de maïs.

Mais un duo d'amoureux vient-il à traverser
l'allée, étroitement serrés l'un contre l'autre,
se parlant les yeux dans les yeux, comme isolés

parmi la bruyante cohue des baigneurs, elle le
considère longuement, attirée et jalouse, et
ne les perd pas de vue qu'ils n'aient disparu
derrière un massif de rhododendrons, ou une
corbeille de fleurs rares.

Puis, toute blanche, d'une pâleur de cierge,
elle garde un moment le silence, tandis que sa
poitrine, comme près d'éclater, bat la charge
des soupirs.

Oh! la joie ineffable : s'aimer, se le dire, et
se voir et se comprendre! Oh! la gêne mortelle
de la passion muette toujours! La petite lampe
d'amour, qui brûle devant l'image sainte au
sanctuaire de son cœur, s'éteindra-t-elle faute
d'huile ?...

Oh! la douleur navrée de l'incomprise!

Et un grand froid l'envahit toute, et sa face
se voile d'une détresse si profonde que les passants détournent les yeux. Elle prend la main
de Wilhelm, qui se lève pour partir, et qui ne
sait pas lire, le niais! dans l'étreinte moite de
la jeune fille, ces choses tendres et secrètes,
qu'on ne lui dira jamais.

VI

Un soir il l'avait menée à la *Conversation*.
Dix heures sonnaient ; la salle des fêtes, avec
le ruissellement des lustres sur les murs blanc
et or, bourdonnait comme une ruche enfu-
mée.

Au milieu du murmure des conversations,
du bruit des bancs remués, des toux grasses,
du frôlement des traînes sur les parquets cirés,
du cliquetis métallique des joailleries de femmes, et du frétillement d'ailes des éventails,
une rumeur tranchait, lointaine, jetant par
les portes ouvertes l'écho affaibli du trente-et-
quarante, les rires des vainqueurs et les rages
étouffées des vaincus, pêle-mêle avec le frois-

sement des billets chiffonnés et la musique de
castagnettes des *Thalers*.

Parfois, un homme entrait, cravaté d'un
cordon d'ordre moiré, grave, ganté de
paille, la mine défaite, grimaçant un sourire
affable.

... L'aveugle, sa partie achevée, s'était mis
debout derrière Zanetta, dans un angle, sous
le rideau de velours à crépines d'or de la scène.
L'intermède vocal commençait : une femme
brune, un peu boulotte, s'était avancée, avec
un regard en rond dans la salle, où le vacarme
s'apaisait. Après un prélude au piano, quelques accords plaqués, elle chanta, d'une voix
chaude et vibrante, l'air connu de Martini sur
des paroles italiennes.

Dès les premières notes, Zanetta avait saisi
le bras de Wilhelm, et le serrait à le briser.

Quand la chanteuse attaqua le refrain,
qu'elle sanglotait avec un accent de vérité
déchirante, l'aveugle sentit les ongles de la
petite égratigner sa chair; il allait lui faire
lâcher prise, lorsque, soudain, les doigts crispés

s'étaient d'eux-mêmes détendus, et la jeune
fille lui avait jeté à l'oreille ce cri de détresse :

— Emmenez-moi ! emmenez-moi !

Ils sortirent. Zanetta, frileusement emmi-
toufflée dans son châle de tartan, entraînait
Wilhelm d'une allure folle.

— Vite, plus vite. J'ai froid !

Elle s'était couchée, grelottant la fièvre,
tout le corps mouillé d'une sueur glacée.

— Bonsoir ! fit Wilhelm, qui se penchait
sur le lit pour l'embrasser.

Mais elle détourna la tête, et, blottie dans
la ruelle, elle lui répondit : « bonsoir ! »
d'une voix à peine distincte et coupée de sanglots.

— Tu pleures ? Qu'est-ce que tu as ? Souffres-tu ?... N'es-tu pas heureuse ?

Elle ne dit rien, cette fois, et un frissonnement la secoua sous le drap, monté jusqu'au
menton.

La nuit, le délire la prit ; elle répétait,
comme égarée :

— Ah ! si, je suis heureuse... bien heureuse... bien heureuse !

Elle était brisée le lendemain ; mais la raison était revenue avec le courage et la résignation douce d'autrefois.

C'était vrai ! elle avait été la proie d'une crise, avait eu un instant de révolte, un éclair de dépit rageur, de haine sourde contre cet insouciant que ses pleurs étonnaient, et qui lui demandait, l'ingrat, le pourquoi de ses larmes.

Oui, c'était bien vrai, elle avait accusé la justice céleste, maudit tout bas le Dieu qui fait les destinées humaines ! Quoi ? n'avait-elle pas payé, haut la main, sa dette de misères ? Et, dans la somme des joies départies à chacun ici-bas, n'y avait-il pas une pauvre parcelle étiquetée à son nom ?

Que demandait-elle de si étrange, après tout, et de si rare ? Elle était née on ne savait où ; abandonnée aussitôt, elle avait poussé toute seule, ainsi qu'une herbe folle à la crête d'un vieux mur. Qui avait pris soin d'elle, qui l'avait chérie, protégée, conduite par la main dans la coulée pierreuse de la vie ?

L'avait-on nourrie seulement ? Si loin qu'elle remontât dans le passé, elle se voyait mâchant un pain qui gardait la saveur salée de sa sueur...

Avait-elle fait du mal ? Elle ne le croyait pas. Savait-elle, même, au juste, ce que c'est : mal faire ? Un père, une mère, un frère, une sœur, une marraine câline, une amie chère, lettres mortes, tout ça ! Ces mots sonnaient vides à son oreille, comme une cloche sans battant.

Quinze longues années elle avait vécu ainsi, sans rien connaître des bonnes choses de la vie, sans avoir goûté une fois aux friandises sucrées de l'enfance. Son lot, à elle, ç'avait été les dégoûts, les peurs, les lassitudes du travail, les chagrins bêtes et les désespoirs puérils.

Si elle avait grandi, la faute en était aux coups qui devaient nourrir, sans doute, au moins autant que le pain dur.

Elle n'avait vu, la pauvrette, que les scènes
sanglantes de ce noir mélodrame humain.
Comment? mais elle y avait joué un rôle,
une panne, comme on dit, d'orpheline pleu-
rarde ; quant aux bagatelles de la porte, aux
gais flonflons des musiciens hongrois de la
baraque foraine, aux cocasseries du pître, aux
calottes sonores et aux enlevées du Cassan-
dre, aux luttes grasses des hercules et aux
grimaces émues de Colombine ; de toutes
ces gaietés, de tous ces enchantements des
foules, elle n'avait pas eu même une « lè-
che » !

Et puis, voilà qu'un beau jour, une radieuse
vision avait surgi dans le brouillard nauséa-
bond de l'échoppe : une barbe d'or filé lui
était apparue, comme en rêve, bouclée, légère, toute roulée en anneaux ; elle s'y était
accrochée désespérément. Elle se noyait, et
s'était rattrapée à la première branche pen-
dante. C'était son crime, cela : un thème pas
gai de complainte, où ce mauvais dicton mettait, en manière de refrain, sa prophétie dé-

14.

sespérante : « farine du diable se moud en
son. »

Quoi ! un crime ? Se dévouer, se livrer entière,
s'oublier, se tuer d'ouvrage ; ne rien voir, ne
rien entendre, ne rien craindre ; n'aimer rien
que cet être à part qui lui tenait lieu du reste.
Se passer de dormir, de manger, de courir, de
chanter, même de rire ; garder six ans une
loque de robe, qui craquait des épaules, si
rapiécée, si déchiquetée, une guenille ; avoir
comme des franges à sa jupe, à ses bouts de
manches, partout ; marcher nu-pieds sur les
galets pointus, gravir vingt fois le jour une
échelle, en retenant son souffle ; recevoir des
calottes sans geindre ; se refuser le nécessaire,
peu de chose, c'est vrai ; mais le superflu ?

Mettre chaque mois dans le fond d'un vieux
bas cinq billets jaunes d'une livre, et se dire :

— Avec ça, tu pourrais acheter un ruban
pour relever tes cheveux, à la mode, une
écharpe pour nouer à ton cou, le dimanche ;
une broche en « doublé », un anneau d'argent !

Avec ça, tu pourrais te payer Polichinelle,

ou le cirque, ou les figures de cire, à la foire;
avec ça, tu pourrais mettre à la loterie; qui
sait? devenir riche, peut-être; manger parfois
une tartelette; l'été, sucer une *arancia* ou
boire un verre de limonade!

Eh bien, non! cette tirelire te sera plus
sacrée qu'un tabernacle; tu n'y toucheras
point, ne la regarderas pas, même, de crainte
de te laisser tenter : et tout, entends-tu bien,
du premier sou jusqu'au dernier, tout ira à
cet homme, à qui tu t'es donnée sans retour!

Mon Dieu, oui! je sais bien; c'est une ré-
compense, un joli « merci, Zanetta! » Cela
sonne gentiment au cœur; c'est doux de penser qu'*il* vous doit son tabac et sa bière, et sa
cravate! Oui, cela vous paye amplement, « la
conscience satisfaite, le devoir accompli », et
ceci, et cela!... Non, vous dis-je, cent fois
non! ça ne suffit pas!

— Sans doute, je ne compte pas; je suis un
zéro, un pauvre petit bout de fille... Et puis je
ne fais qu'un avec mon Wilhelm. Sa joie est
mienne; oui, oui, oui!

Mais quand, après un an, on n'a pas avancé
d'un seul pas, qu'on se retrouve au point de
départ, comme au bout d'un galop sans fin, à
toute course, sur le dernier gradin d'un cirque, et que c'est pour rien qu'on halette, et
que la tête tourne et que les jambes flageo-
lent; quand cet être adoré, à qui vont les
nuits blanches et la fatigue des journées, paraît trouver cela tout simple, ces gâteries et
ces tendresses, et ne s'étonne de rien, et ne
demande rien, et ne cherche même pas à
comprendre : oh ! alors, n'est-ce pas vrai ? la
révolte est permise.

De quoi donc est-il fait, ce corps d'homme ?
Il est aveugle, soit ! Mais le cœur ? Qu'a-t-il
dans la poitrine, à la place du cœur ?

... Ah ! certes, il y a de quoi gémir et se
désoler ! Et ce n'est pas sans raison que Zanetta déchire à belles dents son drap, trempé
de pleurs ; ce n'est pas sans raison qu'elle proteste contre cet oubli cruel, et qu'elle demande
grâce et implore merci.

VII

— Encore au lit, paresseuse ! Debout,
debout ! Le bateau part à huit heures et nous
dînerons à Remagen ; à Remagen, entends-tu,
Zanetta? C'est là que je suis né. Oh ! quelle
joie de se retrouver... Mais, debout donc !

— Non ! pas ce matin, maître Wilhelm ! Je
ne suis pas très bien, et je ne tiendrais pas
sur mes jambes, je le sens ! Aussi, fit-elle
avec un triste sourire en retroussis de sa lèvre
pâle, comme accrochée en haut, à gauche,
par quelque clou invisible, vous partirez
sans moi !

— Sans toi ? Es-tu folle ? dit brusquement
l'aveugle. Bah ! un jour de plus ou de moins,

la belle affaire ! J'ai attendu si longtemps !
Une journée est bientôt passée !

Ils avaient gagné Coblentz sans trop de
peine, sur un steamer bondé de touristes, où
la moisson de gros sous avait été fructueuse.
Certes ce n'était pas la pluie d'or de Danaë,
mais tout juste de quoi subvenir aux dépenses
d'auberge.

C'est égal, il était vexant de penser qu'on
était là, à quelques heures de Remagen,
arrêtés par la maladie de cette petite !...
Remagen ! le port, la terre promise, la vie
large et aisée !

Il y retrouverait des amis, de vieux et bons
amis qui lui viendraient en aide ; on lui ferait
bien, en se serrant un peu, une petite place,
pas très grosse, en un concert de chambre ou
un gymnase. D'ailleurs, tout y était pour rien !
un pays de Cocagne !

Il était fort en train, ce matin-là, l'artiste :
La joie lui suait par tous les pores ; il ne
tenait pas en place, marchait à grands pas
par la chambre de la malade, accrochant

parfois un siège, qui tombait bruyamment !

— Hein ! dis, ce ne sera rien, répétait-il
avec une insistance presque attendrie : où
souffres-tu ?... là, bon ! un peu de migraine.
Tu as eu froid hier sur le bateau. Aussi
pourquoi n'es-tu pas descendue, quand je te
le disais ? Mais non ! tu n'en veux faire qu'à
ta tête ! tu t'obstinais à chanter sur le pont.
Ah ! par exemple ! quel succès ! Ces Anglais
n'en avaient jamais assez ! Entre nous, je ne
dis pas que la chanson n'y fût pas de quelque
chose, mais ta satanée frimousse... hé ! hé !
hé !

Et il riait d'un rire éclatant et repu, en
songeant à la recette très ronde.

Il se fit servir à manger près du lit ; non,
jamais il n'avait été si rempli d'attentions, de
prévenances, lui demandant :

— As-tu chaud ?... Si je mettais l'édredon
sur tes pieds ?... Veux-tu cet oreiller encore ?

Zanetta se creusait la tête, cherchant le
pourquoi de ces tendresses inattendues et
subites, et le regardait, surprise, les prunelles

agrandies et comme incendiées par la fièvre.
Résignée et contente, elle souriait doucement
à Wilhelm qui se bourrait de *Sauerkraut*,
largement arrosée de bière blonde, et causait,
causait, la bouche pleine.

— Elle verrait un peu, ah! elle verrait le
joli coin de verdure que Remagen, les pieds
dans l'eau rapide du grand fleuve; les coquettes
villas de campagne, tout embaumées de pois
de senteur et de verveines, les châteaux
superbes; et les rues tranquilles, les vieilles
maisons à pignons de bois!

Elle y serait heureuse, il en répondait. On
s'installerait gentiment dans un nid propret
et bien chaud; on aurait une servante pour
la grosse besogne, et lui s'en irait donner ses
leçons, faire sa partie au concert, pendant
qu'elle l'attendrait, dans le *musoir*, commodément assise et brodant.

Au bruit connu de son pas sur le pavé de
la rue, elle crierait :

— *Trutchen!* mettez les œufs, — ou — ver-
sez le café !

Le soir, on souperait, tantôt chez de vieilles
connaissances, tantôt à la brasserie, chez
Müller ; il n'avait pas son pareil pour les
petites saucisses fumées !

Le dimanche, après le service, on prendrait
une barque et on s'établirait, une ligne de
bambou dans chaque main, au fond d'une
anse ombreuse ; et on rentrerait avec un lourd
butin de truites grises, piquées de points
sanglants, et d'ablettes et d'anguilles et de
carpes dorées. Elle verrait le fin régal, une
carpe du Rhin en matelotte, et une *Forelle*,
fraîche pêchée, au bleu !

Ou bien, pendant la vendange, on grimpe-
rait là-haut dans les vignes ; comme on
grapillerait, *guter Gott !* On s'en fourrerait
jusque-là, de ces belles grappes vermeilles !
Puis, les voisins aimables, les visites à rendre,
la musique de la *Landwehr*, le jeudi, sur la
place : ah ! la joie ne chômerait guère ! Parfois, des concerts intimes, des parties de cartes,
l'hiver, près du poêle ronflant, entre deux
longs flacons de *Rheinwein*.

Les jolis projets, les arrangements de vie confortables se tournaient sans un nœud, sans une cassure, tant le fil en était résistant et fameux : le fuseau avait beau s'arrondir, la quenouille semblait toujours pleine ; et cela s'emmêlait en un fouillis si serré, que les deuils anciens, les méfiances de l'avenir, sa cécité même, disparaissaient sous cette trame embrouillée et charmeuse.

Tout en bavardant de la sorte, l'aveugle avait fait table nette ; il alluma sa pipe, non toutefois sans avoir demandé galamment « si ça ne l'incommoderait pas, à cause de sa tête ? »

Zanetta avait dit « non » du bout des lèvres, bien heureuse ; vraiment, il était malade, lui aussi ! Qu'est-ce qu'il lui prenait donc ?

Et sa petite figure pâlotte, lacée de fils rouges de couperose, souriait toujours, d'un air doux, un peu triste ; et comme les bouffées de fumée âcre, lui picotant la gorge, la faisaient tousser longuement, elle remontait la couverture sur sa bouche, afin d'étouffer l'arrachement saccadé des quintes.

Pensez un peu ! S'il l'avait entendue, peut-
être aurait-il éteint sa pipe, le beau Wilhelm !

Bah ! il n'écoutait guère ; il fumait, il
fumait, et, devenu muet soudain, il poursuivait
sa chasse aux rêves, bâtissant, dans le bleu
gris des auréoles, maints châteaux de cartes
sur le Rhin. Oh ! le gentil échafaudage de
petits plaisirs honnêtes et tranquilles, serrés,
coude à coude, dans le cercle étroit d'une
existence bourgeoise, qui puait le renfermé et
la mangeaille !

... Vers cinq heures, il n'y tint plus. Des
fourmis lui grimpaient aux jambes ; il se leva
pour sortir. Puisqu'elle n'avait besoin que de
calme et de repos, il se ferait conduire jusqu'à
l'embarcadère et reviendrait aussitôt. Cela lui
ferait du bien d'entendre le clapotis de ces
flots chargés de sable, qui s'enfuyaient si vite
vers les rives aimées.

Quand il rentra, la petite sommeillait, en
une pose affaissée et lâche ; sa respiration
heurtée sifflait avec un bruit de scie, et, à la

hauteur de ses lèvres, le drap de toile grise
était moucheté de taches de sang.

C'était son tour d'être malade ! La chère
fillette, éveillée en sursaut par le pas fureteur
de l'aveugle, se désolait, pensant à tout l'argent
que cela allait coûter ; mais lui, d'un ton un
peu méprisant d'homme valide, la rassurait
avec des phrases cherchées ; elle ne manquerait
de rien, ni de soins, ni de remèdes !

— Quand je devrais tendre la main !

Et il appuyait d'un geste théâtral du bras.

De fait la bourse était vide ; et le moyen
de l'emplir dans cette ville de fortins et de
casernes ?

Irait-il, l'artiste, donner des leçons de violon
à l'*Ehrenbreitstein* ?

... Et la petite qui ne se remettait pas !
Décidément, c'était mieux qu'une migraine !
Elle toussait à rendre l'âme, le corps penché
en avant, toute secouée par des toux grêles
interminables, qui la laissaient haletant, la
sueur au front, les larmes aux yeux, sans
forces, pâmée.

Le médecin militaire, qui logeait non loin dans la rue, appelé en hâte, avait hoché la tête et prescrit la chaleur, le repos, les forti-fiants. Certes, tout cela eût été bel et bon pour des demoiselles bien nées, et non moins bien dotées ! Mais Zanetta, la petite servante ! Était-ce pas une dérision, je vous le demande, que ce tas d'ordonnances pompeuses ?

Des viandes saignantes, du vin tonique, de la flanelle, des sirops iodés, de l'ouate ! pourquoi pas Cannes ou Madère, tout de suite ?

Et tandis que, une brique chaude aux pieds, elle se morfondait sur son grabat, grelottant sous la couverture, si usée qu'on eût compté les cordelettes de la trame, la pile des *Rechnungen* s'amoncelait sous l'éclat de bombe du comptoir, belliqueux presse-papier de l'hôtesse.

Chaque fois qu'elle se laissait aller, toute frissonnante, toute affaiblie et toute veule, à la terreur vague de ces additions menaçantes, suspendues sur la bourse à sec, Wilhelm lui fermait la bouche par ces mots :

— Bah ! ça s'arrangera ; nous sommes en pays ami !

VIII

Oh ! la charmante malade que c'était ! Pas exigeante, pas capricieuse ; rien, elle ne demandait jamais rien. De remèdes, elle n'en voulait pas prendre : qui les aurait payés ?

Elle maigrissait, se décharnait à vue d'œil ; les os pointaient sous la peau diaphane, comme tendue par des éclisses invisibles ; avec cela, si hâve, si pâle ; une pauvre petite figure de rien du tout. A la lettre, on ne lui voyait plus que les yeux.

Les premiers temps, cela allait encore : le sourire maquillait cette face affinée de moribonde ; mais le sourire était parti avec le reste, et il n'y avait plus rien que ces beaux grands yeux, si tristes, qu'on avait envie de pleurer en les regardant. Que de choses ils disaient, ces éloquents infortunés ! Que de souffrances, de tortures, de regrets impuissants !

La nuit, pendant que Wilhelm ronflait dans le cabinet à côté, la porte restant entr'ouverte, elle songeait à des choses pas gaies, dans l'ombre bleuâtre, qui tombait, par la croisée sans rideaux, du ciel tout poudré d'étoiles.

Elle commençait à s'en mordre joliment les doigts de ce voyage tant souhaité. La cause de son mal était là, et pas ailleurs, puisque de toute sa vie elle n'avait eu un bobo.

Oui, c'était bien de sa faute ! Wilhelm n'y pensait pas, lui, à partir ; mais elle l'avait supplié de l'emmener bien loin. Il ne demandait pas mieux, cela se comprenait, tandis qu'elle... Pourquoi ? Des ennuis, des bêtises, qu'une autre eût endurés sans mot dire ; belle raison !

Et quand cela en aurait valu la peine !
N'était-elle pas de taille à se défendre toute
seule ? Ce n'aurait pas été la première fois ;
l'aveugle n'était pas là toujours : quel besoin
de le fatiguer du récit des embûches tendues
à sa vertu pas trop laide ? Elle avait bien réussi :
pour se garer d'une souricière, elle était venue
tomber dans un piège, une bonne trappe,
cette fois, d'où elle ne se tirerait pas vivante.
Elle était fort avancée, à présent ! Aussi bien,
ce n'était pas fini ; cela commençait à peine ;
mais elle était mal prise, elle le sentait... S'en
relèverait-elle jamais, seulement ?

Ah ! bien, il fallait l'avouer, une idée heureuse, ce départ ! Était-ce assez sot de venir
s'éteindre là, comme une chandelle pas mou-
chée ? Sans compter le tracas que ça causait
à l'aveugle, le souci, l'inquiétude !

Le pauvre garçon ! Lui qu'elle avait accoutumé à tant de menus soins ! Qui lui nouait
sa cravate, qui lui bouclait ses guêtres ? Devait-il être mal fagoté ! Qui lui attachait ses
boutons ? En avait-il encore, seulement ? Per-

sonne pour y veiller. Quelle chose terrible !
Et sa pipe, on ne là lui débourrait pas, bien
sûr ! Son linge, ses habits, tout était à l'abandon. On devait le tromper, l'exploiter ; on le
volait sans doute ! Cela ne pouvait toujours
durer. Ah ! il était grand temps qu'elle guérît !

Et elle se sentait si faible, la pauvrette,
que ce coup d'œil rapide, envoyé par delà
la minute présente, lui causait un insurmontable effroi, qui la tenait inquiète,
palpitante, éperdue, prise d'une peur terrible, qui faisait claquer ses dents, avec
un bruit lugubre de squelette remué...
De la peur de mourir là, en ce pays inconnu, au pied de ces monts couronnés de
murs sombres de forteresses, où flottait le
drapeau blanc et noir ; là, dans cette ville
triste, vraie caserne, où on entendait jusque
bien avant dans la nuit le roulement du tambour et les appels cuivrés du clairon ; là, à
deux pas de ce fleuve énorme, aux flots sales,
qui se précipitait, avec d'affreuses clameurs,
entre des rives trop étroites.

Ohimé ! Ohimé ! ce serait deux fois mourir !
Il n'y avait rien là de ce qu'elle aimait tant.
Poverina Caprinola ! Pas le moindre son de la
plus petite cloche d'église, pas un chant d'oiseau, pas de verdure, pas de fleurs, pas même
de soleil !

Oh ! la froide prison, avec ses guérites et
ses poteaux en demi-deuil, où souffle un vent
âpre qui vous fige le sang dans les veines.

Brrr ! Être enterrée là, en un coin désert,
sans une couronne de roses blanches, sans
une croix de bois, peut-être, au fond de cette
terre glacée, soir et matin ébranlée par
l'aboiement des fusillades, scandé des notes
graves du canon !

Le joli sommeil qu'on y dormirait, vraiment ! Oh ! non, non, par pitié !

Là-bas, derrière les Alpes, elle avait sa
tante Erminia : pour tendre, elle ne l'était
guère ; mais c'était sa tante après tout. Bien
sûr, elle ne souffrirait pas qu'on jetât son
pauvre corps à la fosse commune ; elle lui
choisirait une belle petite bière à sa taille, et

l'y coucherait, un chapelet au cou, dans un
drap bien blanc ; puis la ferait porter à bras
au *Campo-Santo,* où, tout en haut du mur, en
plein soleil, elle reposerait chaudement,
comme une colombe dans son nid.

C'était à n'y pas croire ; mais on lui aurait
dit aujourd'hui la gouvernante gravement
malade, qu'elle en eût pleuré comme une
Madeleine.

La mort de la Tonsura, cette mégère, qui
était cause de sa fuite, ne l'aurait pas non
plus trouvée indifférente. Ainsi des autres :
Emilio, voire Castellani, ces êtres, mal-
faisants à coup sûr, avaient pris dans son
cœur une place, encore que des plus petites.
Le temps, l'éloignement avaient frotté de
baume ses plaies pas encore fermées, et ces
gens ne lui semblaient plus si mauvais.

Puis c'étaient des compatriotes. N'étaient-
ils pas de Vérone, eux aussi, de Vérone, la
citta natia, si tiède et si ensoleillée ?

Las ! jamais plus elle ne les reverrait, ses
chères Arènes, jamais plus elle ne poufferait
aux saillies nasillardes de *Pulcinella !*

Est-ce que, par fortune, la Tonsura serait
tombée juste avec son bête de proverbe, cette
selle à tous chevaux, cette méchante trousse
de médecin de campagne à débrider toutes les
plaies ? C'était donc un péché, aimer un
homme d'amour ? Et cette douce « farine du
diable », qui coûtait tant de peine et tant de
larmes à moudre, ne donnerait-elle pas autre
chose qu'un boisseau de son, pour saupoudrer
le fond de son cercueil ?

Oh ! si, elle voulait vivre, vivre au moins
assez pour prendre congé de ces chers com-
pagnons d'enfance ! Oui, il fallait revenir tout
de suite, sans regarder en arrière, sans tarder
une minute ; tout de suite, tout de suite ; car
la mort venait, et c'était une lutte de vitesse
à tenter avec elle.

Sentait-elle pas déjà son haleine froide sur
sa nuque, son souffle glacé qui faisait voleter
ses boucles folles par derrière ?

Vite ! il n'y avait pas un instant à perdre,
si on voulait atteindre Vérone avant la cruelle
camarde...

IX

... Ce matin-là, le ciel, d'un bleu tendre,
était strié de petits nuages floconneux et frisés, qui semblaient une troupe d'agneaux
blancs, broutant dans l'infini des plaines ; les
murs gris des remparts, tout noyés de soleil,
avaient pris une teinte moins sévère, piqués
çà et là de l'éclair d'un canon d'acier, du scin-
tillement d'une baïonnette, ou de la pointe
d'or d'un casque de sentinelle : un faisceau
de rayons d'argent se jouaient dans le ruissellement miroitant et moutonneux du fleuve.

Zanetta, sous la clarté pleine et chaude de
cette matinée sereine, s'était sentie plus vail-
lante ; dans sa hâte de tâter ses forces renais-

santes, elle avait, sautant à bas du lit, failli
tomber à la renverse ; Wilhelm l'avait soutenue, puis aidée à faire un bout de toilette.

Même, elle avait noué ses cheveux d'un
étroit ruban de soie cerise, en dépit des gronderies de l'aveugle.

— Y avait-il du sens commun à s'échiner
ainsi, les bras en l'air, devant une glace ?

Elle était charmante sous sa mantille de
blonde : assise devant la fenêtre ouverte, le
dos maintenu par un oreiller blanc, elle aspi-
rait avec délices les dernières tiédeurs de l'été,
ces chaudes caresses de l'adieu.

Parfois, elle se voyait dans la vitre, et se
souriait comme à une amie fraîchement dé-
barquée d'un long et périlleux voyage : elle
ne se trouvait point trop changée, vraiment,
et du doigt elle ramenait sous l'oreille une
boucle rebelle.

... Que Santa Maria soit bénie ! La coquetterie est revenue, et de la santé c'est la mi-
gnarde avant-courrière !

... Précisément, en face, de l'autre côté de

la rue, une vigne vierge courait sur la crête d'un mur, retombant en cascades rougeâtres, couleur de vin nouveau.

La fillette prit plaisir à reposer ses yeux, lassés par la lumière trop vive, sur cette belle plante pleine de vie ; elle regardait, amusée par les vrilles enroulées des tiges, où tremblotaient de larges feuilles tachées de rouge. Elle aussi, pensait-elle, avait du rouge aux lèvres, du rouge en gouttelettes à son drap bis, à son mouchoir, qui semblaient taillés dans une étoffe à pois, du rouge qui montait à sa gorge sous l'effort aspirant des quintes, du sang rouge, qui lui laissait dans la bouche un goût âcre et affadissant !...

Puis, fermant les yeux, elle se recueillait, tâchait de ressaisir sa pensée vagabonde, qui l'emportait toujours, quoi qu'elle fît, par delà ces montagnes aux arêtes sévères, par delà ce fleuve mugissant, par delà les glaciers bleus des Alpes, là-bas, derrière le lac de Garde, aux eaux sans rides, aux rives plates, embaumées de l'odeur des oranges, au fond

d'une petite ruelle fétide, pavée en damier de
galets blancs et noirs.

Non, elle n'y voulait plus songer; c'était
trop bête ! Mourir ! Est-ce qu'on meurt, à
quinze ans ? Est-ce que l'avenir ne lui tenait
pas en réserve toute une grosse épargne de
joies tranquilles et sereines, cet avenir que,
l'autre jour encore, Wilhelm lui peignait de
nuances si tendres, dans un demi-jour très fin
et très doux ?

Sans parler de ces choses qu'il taisait, lui,
le méchant, mais qu'elle espérait bien faire
éclore au feu vivifiant de sa passion !

• Est-ce que déjà elle n'avait pas comme un
regain de santé, comme un renouveau de vie ?
Certes, quand elle marchait, ses jambes fla-
geolaient drôlement; bah ! cela passerait !

Aussi bien, point n'était besoin de forces,
devant le but atteint, le gîte proche. Car,
sans mentir, du haut de ce grand mont, on
devait apercevoir Remagen, à quelques milles
en aval ! Elle se sentait très capable de faire

le reste du chemin, roulée dans une couverture, sur le pont du bateau.

Mais ce n'était pas tout encore, que partir !

Et la figure de Zanetta se plissait en une
moue songeuse, à la pensée de l'argent qu'on
devait. Les dettes ! voilà le gros obstacle ! Et
son regard humide se posait doucement, ainsi
qu'une caresse, sur le gras visage de l'aveugle,
qui fumait, les yeux à demi clos par un sommeil béat.

X

— Dites, maître, fit-elle, si nous quittions
Co... Coli... Comment est-ce déjà ?... ah ! Coblentz... aujourd'hui ?

Ces mots magiques éveillèrent Wilhelm en
sursaut ; il bondit sur sa chaise et se mit debout, avec un bâillement sonore. Alors,
comme grisé, enlaçant à deux bras la fillette,
il lui mit aux joues une grêle de baisers, qui
creusaient des trous blancs dans la pâleur
flasque des chairs.

Sans doute, partir ! Il ne pensait qu'à cela
depuis trois mortelles semaines qu'ils per-
chaient dans ce vieux nid d'aigles noirs, dans
ce donjon où miaulaient les chouettes, dans

ce Coblentz, enfin, morne et tragique comme une place forte assiégée.

Partir ! il y était tout disposé ; en un tour de main, il serait prêt ! Le temps de remplacer sa chanterelle ; cette gueuse de corde n'avait-elle pas choisi ce moment pour se rompre, avec un bruit semblable au râle d'un enfant ?

Il y avait bien le tas de notes à régler... Ah ! oui, les notes ! Comment faire ?

— Peut-être, insinua timidement Zanetta, y aurait-il moyen de s'entendre avec l'hôte ; on lui laisserait un gage, sa montre, par exemple, ou sa Bible à images, ou...

Elle s'était tue, rougissante, ayant aux lèvres un mot qu'elle n'osait pas dire... son violon. Mais déjà Wilhelm, charmé de l'idée, dégringolait l'escalier de bois, et les talons de ses bottes ferrées faisaient un vacarme pareil à celui d'un cheval au galop sur le pavé d'une rue.

Un quart d'heure après, il remontait, radieux, agitant dans sa main un large cordon de soie noire, où tremblait une clef de cuivre ouvragé.

L'aubergiste avait pris la montre, un vieil oignon d'argent, grand comme une bassinoire, qui portait, gravé à la pointe, sur le boîtier noirci, une vue d'*Heidelberg-Schloss*.

Et telle était sa rage de partir, qu'il avait, sans une larme, vendu ce vieux ami, souvenir de temps meilleurs !

Ah ! ce ne fut pas long, alors ! Et Zanetta, ramassant son courage, eut tôt fait de ranger au fond de la valise les misérables débris de l'opulence passée : vieux linge, vieilles hardes, la grosse Bible à fermoirs et à gravures enluminées, où Wilhelm lui avait montré à lire, ses images à elle, et son livre de messe. Tout cela tenait peu de place, en vérité ; et le sac, si bondé au départ qu'il en craquait des coutures, avait, aujourd'hui, des affaissements tassés d'outre vide.

La petite allait et venait par la chambre, fermant un tiroir de commode, un placard, l'œil ouvert aux oublis, fouillant derrière le

lit, sous l'armoire ; elle ne marchait pas, elle
se traînait, avec des déhanchements lassés,
s'accrochant aux dossiers des chaises ; chacun
de ses mouvements, chaque pas, lui arrachait
une plainte sourde, que, stoïque, elle éteignait
dans son poing fermé.

Quand tout fut prêt, une toux rauque la
cloua sur la barre du lit, pliée en deux, sans
haleine, épuisée. Et, comme Wilhelm s'api-
toyait :

— Allez !... ce n'est rien, disait-elle entre
deux quintes, rien... non... rien ! Là... c'est
fini... vous voyez !... Oh ! je suis très forte...
à présent !

XI

La cloche du *Kronprinz* jeta à toute volée
ses trois notes éclatantes, tandis que les hommes du bord lançaient à tour de bras les
amarres 'et hissaient, avec un bruit aigre de
poulie revêche, les colis de toutes classes
arrimés à fond de cale.

Et, à mesure, les ballots s'entassaient sur le
pont avec des rapprochements comiques. La
lourde caisse du *lord*, bardée de fer, ni plus
ni moins qu'un chevalier des Croisades, frô-
lait la petite malle étroite, habillée de cuir de
vache et ficelée en tous sens, du compagnon
en tournée ; la valise molle, en tapisserie
fanée et boueuse, du professeur en voyage

s'étalait sans vergogne sur le nécessaire en maroquin d'une *lady*.

Que d'accrocs, que de souillures, que de bourrades en ces mésalliances fortuites! Celui-ci, un sac des « premières », fier de sa robe en toile cirée, prenait des mines renchéries, en toisant une sacoche des troisièmes, d'où passait le goulot d'une bouteille vide; celle-là, une mallette huppée, pleurait sur son vernis neuf, que l'angle ferré d'une barrique écaillait outrageusement. Il n'était pas jusqu'à un blanc roquet, dans sa niche en paille dorée, qui ne hurlât de dépit de se voir mitoyen de la cage d'osier, où un merle serinait son air de fifre.

Ce qui tendrait à prouver, qu'à l'instar de bien d'autres, il est une aristocratie des bagages.

... Cependant, le steamer s'arrêta, soufflant, fit machine en arrière, lâcha un coup de sifflet strident, et enfin stoppa tout contre le ponton, qui vacilla sous ce rude attouchement.

C'était Remagen.

La petite ville est couchée, à mi-côte, sur la
rive gauche du Rhin.

Autour du vieux noyau de masures, qui se
serrent pieusement contre l'église romane,
s'élève, depuis peu, une fraîche ceinture de
villas de plaisance, aux architectures variées,
de cottages tout voilés de vigne vierge et de
clématite. Mais, soit qu'ils aient craint le voisinage peu sûr de ces maisons branlantes, de
ces pignons crevassés qui penchent la tête en
avant comme pour une salutation très humble ;
qu'ils se soient peu soucié du contact de ces
murailles lézardées et lépreuses ; soit qu'ils
aient voulu fuir les odeurs vieillottes et mo-
roses des ruines, les hôtes nouveaux se sont
éparpillés à l'aise à travers champs.

Pareils à des fils de famille, qui, peu curieux
du foyer maussade de l'aïeul, s'envolent au
loin, sur l'aile du caprice ou de l'amour, les
petits chalets, les castels mignons, prenant
leurs coudées franches, se sont disséminés en
étages sur les pentes vertes qui viennent mourir dans le Rhin.

16

Les pieds à l'eau, le front ceint d'une enseigne dorée, un hôtel dresse sa façade énorme de caserne.

En haut, sur le vert sombre des bois, qui servent de toile de fond au décor, s'enlève la silhouette découpée d'un château seigneurial ; c'est un galant pastiche des vieux Burgs, résidence de quelque Farina (pardon, de l'unique !) qui s'y est livré à une véritable débauche d'architecture militaire.

Point de « festons », point « d'astragales » ; ce ne sont que poivrières, réduits, échauguettes, mâchicoulis, herses, pont-levis et poternes.

Pour ne rien taire, et faire en conscience notre métier de cicérone, mentionnons la cheminée d'une fabrique voisine. Une fabrique ! Ne vous hâtez pas de crier au scandale ; le paysage est sain et sauf, en dépit du long tuyau de briques, qui semble en deuil, sous son triple voile de lierre ; car, Dieu merci, l'usine est morte et n'a plus de feu, comme dit la chanson.

Sur la rive droite, les Siebengebirge

arrondissent leurs croupes lointaines, où la vigne, déjà rougie par les premières haleines d'automne, s'accroche en terrasses clair-semées.

Au sommet, un pan de mur écroulé raconte les grandeurs passées, tandis que, plus bas, un vigneron s'est bâti une cabane aux dépens des moellons seigneuriaux.

... Ils la foulaient donc enfin, cette terre promise; ils étaient chez eux, cette fois, et ce serait maintenant tout plaisir de ressasser les déboires du voyage.

Wilhelm, en marchant, pleurait silencieusement. Zanetta suivait et faisait mal à voir : les joues allumées par une fièvre, les lèvres exsangues, les yeux vagues, perdus dans une contemplation d'infini, elle se traînait, s'efforçant de courir par moments, le front en sueur, à court d'haleine, afin de rattraper les grands pas de l'aveugle.

Oh ! qu'il lui tardait d'être assise, ou couchée, n'importe où, quand ce devrait être pour toujours !

Sur le bateau, elle s'était cru plus forte ; même elle avait commis une imprudence, la folle ! Ne s'était-elle pas avisée de chanter un vieux *Lied*, que Wilhelm accompagnait ? Vous comprenez, elle n'entendait pas qu'il payât toujours seul de sa personne ! Elle devait acquitter son écot, elle aussi. Il y avait beau temps qu'elle ne l'avait pu faire ; que d'arriéré à rattraper !

Grisée par les « hurrah » des Anglais, gonflant leurs joues couleur de roastbeef, elle avait chanté, chanté, et y avait mis toute son âme, mais aussi tout son pauvre reste de vie.

Ah ! elle n'était pas guérie, tant s'en fallait ! Elle avait trop compté sur un mieux factice et menteur ; un flot de sang lui était monté à la gorge : ce n'était plus des gouttelettes, cette fois.

L'aveugle avait dû lui glisser dans la main les trois *Thalers*, en menue monnaie, de la recette, pour qu'elle eut le cœur de sourire à cette foule, qui l'applaudissait, sans savoir !...

Puis un hoquet sinistre était venu, qui

l'avait secouée ainsi qu'un vent d'orage ; on eût dit des battements d'ailes de son âme, prête à s'envoler dans le bleu.

XII

Oh ! la longue course à travers les rues en pente de la petite ville ! Ah ! le dur chemin de croix que ce fut !...

Et la toux qui déchire la poitrine, suivie d'essoufflements à mourir, et les jambes qui vacillent, et l'haleine qui manque, et les tempes qui battent, et la tête qui semble de plomb, si lourde, si lourde, comme près d'entraîner le corps dans une chute dernière.

C'était bien la peine de se faire une fête du retour, de se leurrer d'illusions niaises !

Les rêves s'en vont à vau-l'eau, par là-bas, avec les feuilles mortes.

D'abord rien n'est plus à sa place ; c'est un

bouleversement, un chaos ; comment s'y reconnaître ? La rue des Nonnes n'existe plus. Sur la place de l'Écu, au lieu de la vieille boucherie, se dresse une maison d'école toute neuve. Un seul passant, un vieux au chef chenu, se rappelle le père Gerspach, le tonnelier de la ruelle au Pain ; qui se souvient, aujourd'hui, de M. Schlossmayer, le professeur de langues et de Madame la professoresse, sa femme, l'imposante Augusta Freytag ?

Quant à l'hôtelier de la Pomme de Pin, autant vaudrait parler du grand Mogol !

Et Kleinsach, le luthier de l'impasse des Trois-Sœurs ? et Gertrude, la charmante fille de l'organiste, et le révérend Maüschlein, le curé ? Sont-ils tous partis, sans laisser plus de traces

Qual fummo in aere od in acqua la schiuma ?

Non, ce n'est pas possible : ils ne sont pas à Remagen ?

C'est un sol étranger qu'ils foulent !... Si pourtant, c'est la ville natale ; et l'aveugle se désole ; ses rêves de bonheur s'écroulent l'un après l'autre, queussi-queumi des capucins de cartes ; le voilà seul, inconnu chez les siens ! Qu'y est-il venu faire alors ?

— Allons ! retournons sur nos pas, dit-il, navré, le bateau remontant passera dans une heure, il nous emmènera !

Où ? il ne se le demande même pas, tant l'effondrement est complet ; l'idée s'est engourdie, elle aussi, dans la solitude glacée d'une ville neuve, bâtie sur les ruines de l'ancienne.

Comment, c'est l'œuvre de sept années, pas un ami vivant, pas un souvenir debout, pas une rue en place ! Les maisons ont changé de maîtres, parfois de destination et d'aspect ; le passé est mort, encore que pas bien vieux, et Wilhelm seul se rappelle.

... Il marche, sans se lasser, ayant au cœur, quoi qu'il dise, l'espérance secrète d'être hélé soudain par une connaissance de jadis, qui lui sautera au cou en l'appelant son « cher maître Wilhelm ! »

Oui , pour sûr; si ce n'est pas le boulanger,
le brasseur reconnaîtra sa figure. Est-il donc
si méconnaissable ? Alors, adieu les larmes !.

Mais le brasseur est un jeune gars, qui
rit niaisement de ces vieilles choses qu'il lui
conte : vieux habits, vieux galons, hors de
mode, accrochés à sa mémoire, dans leur
jeune fraîcheur d'autrefois.

Et le gindre, lui : il se tord. A-t-on jamais
rien vu d'aussi drôle ?

— Farceur, va !

Et Wilhelm continue sa route, et une nouvelle fleur se détache et tombe du bouquet de
son espoir vivace ; la rue en a comme une
odorante jonchée.

Les ruelles succèdent aux ruelles, les carrefours aux carrefours, les places aux places ; et
les gens surpris et chuchotants les regardent
passer, sur leurs seuils.

Zanetta, elle, ne voit rien, n'entend rien ;
inconsciente, elle avance on ne sait comme,
dans un rêve de griserie ; ses jambes la portent
cependant ; elle va, les yeux hagards, poussée

par une force mystérieuse, d'une allure sèche
d'androïde ; elle est lancée à présent ; elle ne
s'arrêtera plus... que morte.

Wilhelm, insoucieux de son amie, ouvre
des enjambées énormes, longeant la muraille,
le bâton haut en éclaireur.

Il frappe à toutes les portes ; partout la
réponse est pareille : « inconnu... il est
mort... elle a quitté le pays. »

Et ici... rien ; là... rien encore. C'est à
désespérer, vraiment.

Voyons, pour la dernière fois ! S'il échoue,
il repart, foi d'exilé.

... Et pourtant, il sait un endroit, où il
serait sûr de ne pas faire buisson creux : un
carré grand comme la main, clos de murs
effrités, planté de pommiers et de cyprès, tout
embroussaillé de fougères. Il en connaît bien
la place ; il irait sans broncher, sans canne ; la
première tombe à gauche, en entrant, dans le
coin, c'est elle : un petit tertre lacé de traînes
de pervenches.

Ah ! par exemple, il en jurerait, cette

demeure-là n'a pas changé et les chers hôtes n'en sont point partis.

... Mais voici qu'il s'arrête à l'entrée d'une allée, où marmonne un sénat de vieilles femmes.

— L'auberge de la Cigogne-d'Or, je vous prie? est-ce toujours au haut de la rue Saint-Apollinaire ?

— Belle question ! fait une commère... Probable qu'elle ne s'est pas envolée, la cigogne !

... Pour le coup, Wilhelm dut s'appuyer au mur. Tout tournait dans son esprit rasséréné: les maisons familières aux solives tarabiscotées, les grilles ouvrées des fenêtres à guillotine, les loques qui sèchent, à cheval sur une gouttière ; et, en manière d'accompagnement, le cercle bruyant des tricoteuses mettait sa note un peu sûre de petite flûte.

Enfin, se reprenant :

— Victoire, Zanetta, victoire ! Encore un pas, et nous y sommes. Est-ce pas la rue aux Juifs, ici? Oui, oui, c'est bien cela, fit-il en tâtant la muraille, voici le banc de bois vermoulu de la charcutière, et ces marches mènent à la cave de M. Krieger, le maître de poste... Sitôt après l'escalier de l'église, nous enfilerons, sur la gauche, la première venelle.

La fillette, sans répondre, d'un geste las, mit sa main moite dans la main de l'aveugle.

XIII

— Tu verras, le gai cabaret fleuri ! Ah !
Dieu de Dieu ! que de bons repas j'y ai faits
sous la tonnelle de jasmins, à main droite,
près de la porte ! Cela embaumait, donnant
une saveur plus fine aux fritures de la mère
Mathildchen, aux vins aigrelets du père *Kup-*
fernase. De braves gens, va ! Ah ! nous serons bien chez eux, choyés, dorlotés : des
coqs en pâte ! Aussi bien, avons-nous besoin
de nous refaire : sais-tu que toi, ma petite
Hanne, tu n'es pas florissante de santé ? Tu
tousses, c'est une pitié !

Cependant, ils gravissaient la pente fort
rude d'une rue étroite, où les maisons de bois

17

à auvents arrondissaient leurs ventres ballon-
nés de femmes grosses ; les fenêtres, garnies
de petits carreaux verdâtres, cerclés de plomb,
s'ouvraient comme des yeux louches pour les
regarder passer ; au-dessus des portes, les
figures grossièrement peintes ou sculptées des
enseignes avaient des profils fantastiques, de
faux airs de jaquemarts, avec des rictus de
gargouilles, dans le crépuscule glauque qui
tombait. Au fond d'allées noires, des boutiques chassieuses s'estompaient ; sur les rampes,
des hardes pendaient, effiloquées. Au bruit
des pas, des châssis de guillotines se relevaient
avec une plainte hoquetée, et des têtes se
penchaient aux croisées, curieuses.

Dans le ruisseau, des mioches, aux cheveux
couleur de chanvre, barbotaient.

Un grand silence pesait sur la rue, qui
semblait morte. Seul, sur le pas de sa porte,
un tonnelier polissait des douves, et sa doloire, par instants, grinçait en mineur, tandis
que les corneilles, enroulant le clocher de
leurs paraboles sans fin, lançaient, à inter-

valles réguliers, une bordée de croassements
rauques.

Tout en haut de la ruelle, qui finissait, à
cause de la pente trop raide, par quelques
marches disjointes, où des mousses mettaient
leurs bourrelets grisâtres, un joli coin de verdure se découpait entre les panses écrasées
des masures, avant-propos coquet des jardins
du faubourg.

... Ils montaient, et Wilhelm, heureux de
retrouver l'escalier de jadis, taquinait le pavé
de sa canne, pinçant d'un pied très ferme les
degrés branlants.

— Ouvre l'œil, Zanetta ! et surveille ta
droite. Dès que tu apercevras au-dessus d'une
porte à claire-voie un grand oiseau de bois
doré, arrête-toi ; tu m'entends ? C'est là !

... Elle n'eut pas la force de parler, la
petite servante ; elle tira faiblement l'aveugle
par le pan de sa redingote : il comprit, et fit
halte aussitôt.

— Salut ! dit-il d'une voix tremblante,

salut, vieille auberge hospitalière! Salut,
l'amie!

La barrière n'était pas fermée; ils entrèrent. Au fond d'un jardinet, semé de kiosques
rustiques, enrubannés de liserons et de capucines, une maisonnette à volets roses était
blottie dans un nid d'arbres verts.

Au bruit, un chien danois s'était élancé,
jappant d'une façon joyeuse.

— Karo! Karo! ici, fit Wilhelm.

Mais déjà l'animal était dans les jambes de
l'aveugle, lui léchait les mains, la queue en
panache, frétillante de plaisir.

— Brave chien! Grand merci, mon vieux,
de tes caresses; c'est la première bienvenue
de la ville natale. Eh! tu ne m'as pas oublié,
toi?

— *Her*, Karo! appela la voix claire d'une
jeune femme, qui s'avançait au-devant des
hôtes annoncés. Que souhaitez-vous, monsieur? A souper, sans doute?

— Oui bien, dit Wilhelm, ému jusqu'aux

larmes, oui bien!... Et les mots ne venaient pas à ses lèvres, qui balbutiaient.

Enfin, après un effort :

— Je suis Wilhelm, vous savez, maître Wilhelm, le violon...

— Ah! fit l'hôtesse.

Et, courant vers la maison, elle cria :

— Mère, mère! une vieille connaissance qui vous arrive !

... Comment! c'était lui, le pauvre garçon? On pensait ne le jamais revoir, bien sûr! Aveugle, *der arme Schelm !* Quelle misère !

Et ce fut un concert de *warum*, de *lieber Gott*, des *oho !* des *ach !* à n'en plus finir !

— L'aurais-tu reconnu? demandait-elle à sa fille.

Et celle-ci dodelinait de la tête, en épongeant une larme du coin de son tablier.

— Et le père Kupfernase?... était-il souffrant?... en voyage ?...

Hélas !... et il y eut un silence pénible, éloquent comme un glas de mort.

— Vous souperez avec nous, avait déclaré
la bonne femme, et d'un ton sans réplique.

On mit le couvert sous un berceau de chèvrefeuille.

Oh ! le charmant repas, le joyeux regain
de gaieté franche et drue comme grêle !
Wilhelm, la bouche empâtée, narrait ses
aventures : et c'étaient tantôt des pleurs qui
coulaient, tantôt une pétarade de rire, qui
partait comme un bouchon de *Mosellwein*.

Ah ! oui, il pouvait bien le dire, il en avait
avalé de cette poussière des chemins !

Exclamations, apitoiements, questions et
réponses s'emmêlaient, s'enchevêtraient, ainsi
qu'au-dessus de leurs têtes les branches parfumées du chèvrefeuille, en un méli-mélo
de bonne humeur contente et repue, tandis
qu'affaissée sur sa chaise, Zanetta, les coudes
sur la table, écrasée, dormait d'un sommeil
de plomb.

Puis, sur la fin du repas, l'hôtesse, ayant
posé devant l'aveugle un verre à pied de vieux
bohême bleu pâle, elle avait débouché une

bouteille à long col, remplie d'un liquide transparent et doré, et lui en avait versé une pleine rasade.

— Allons, maître Wilhelm, buvez un coup de vin du Rhin !

... Le soleil se couchait derrière Saint-Apollinaire, avec des lueurs rouges d'incendie...

Wilhelm s'était levé; il trempa ses lèvres dans le vin couleur de topaze.

— Dieu soit béni ! fit-il. Je vous retrouve enfin, ô mon beau fleuve, ô mon village aimé; et vous, vignes, forêts et campagnes ! Et toi, chère guinguette, qui as retenti de mes gais refrains de jeune homme ! O souvenirs d'enfance, premières joies, premières douleurs, vous venez m'assiéger en foule !

Je te retrouve, toi aussi, mon vieil ami, ô *Rheinwein*, grand empereur des vins, toi qui, au cœur de l'artiste, éveilles l'inspiration qui sommeille, toi qui fais aimer, toi qui consoles et qui donnes au misérable l'espérance

pour maîtresse ! Dieu soit loué ! je te retrouve
enfin !

Voici que tu coules dans mes veines, pareil
à un élixir de vie, réchauffant le vieux sang
glacé par l'eau claire des jours mauvais. Et
voici que je vois revenir à moi harmonie,
gloire, amour, mes chères compagnes de
jadis.

Ah ! *Rheinwein !* en vérité, tu es un philtre
admirable ! L'ombre qui emplissait mes prunelles s'est envolée soudain ! Mes yeux se rou-
vrent à la lumière : je vois, je vois ! j'ai vingt
ans !

Dieu ! le rideau du temple s'est déchiré
avec un bruit de fusillade lointaine, décou-
vrant, dans un resplendissement de soleil, les
phalanges inégales des souvenirs ! Là, la
troupe serrée des peines ; ici, les joies, aux
rangs clairsemés.

... D'abord, mon enfance heureuse, entre
les caresses du père et les baisers jaloux de la
mère !

Puis la mort frappe deux fois à notre porte :

deux fois les gonds rouillés grincent sinistre-
ment comme une plainte humaine, et me
voilà seul désormais pour combattre le grand
combat !

C'est l'apprentissage : ah ! qu'il est dur à
gagner, ce premier pain, si noir et si sec ! De
combien de gouttes de sueur, de gouttes de
sang, de combien de larmes il est trempé !

Qui dira le compte des planchettes de cèdre
ou de sapin que j'ai polies ? Combien de che-
valets taillés dans le tilleul, combien d'éclisses
finement ajourées ! En vérité, j'ai tourné
assez de clefs d'ébène pour ouvrir les cent
portes de Thèbes !

Un jour, l'apprenti luthier laisse courir ses
doigts sur les cordes d'un violon qu'il vient
de finir. Où avait-il la tête, l'écervelé ? L'archet, par cette main inhabile, est manié
comme un rabot. Aïe ! aïe ! que de fausses
notes, que de sons à faire grincer les dents !
Cependant l'ouvrier est tenace et curieux tout
ensemble ; après des tâtonnements sans nombre, il triomphe : sous ses doigts le divin ins-

trument s'anime ; il chante, d'une voix surhumaine, des mélodies qui font pleurer.

Art maudit ! Le manœuvre se croit artiste : la doloire gît oubliée dans un coin, le tour est muet, la lime et la scie se rouillent, tandis que le fou s'enferme et se grise d'harmonie, à mourir.

Un beau matin, sans rien dire, il s'envole ; il fera fortune, il en est sûr, et reviendra riche pour épouser une belle fille aux yeux bleu de Delft, qui l'a ensorcelé de sa voix pure de soprano.

Quand Wilhelm revient de Cologne, les gros *Thalers* d'argent font « bim, boum » dans sa poche...

Lottchen a dit oui, elle est sa femme.

Deux années, deux pleines années passent sur eux plus vite qu'une nuit d'été scandinave.

Les leçons, les concerts, où la chère fauvette a sa place, donnent presque l'aisance.

Mais voici le jour qui se lève, après cette nuit si courte et si belle, un jour terne et gris

de décembre. La fauvette se meurt ; la lame
a usé le fourreau. Le feu ardent de ses chants
a pompé tout le sang de son cœur ; et cette
fille du ciel regagne, d'un coup d'ailes, sa patrie éthérée...

Combien de jours pleura Wilhelm ? Autant
compter les bulles dans une chope de bière
allemande !... Pourtant, il lui fallait sourire,
à travers ses larmes, au petit héritage blond
et rose, qu'en partant *Lottchen* lui avait
laissé, comme un fil ténu, pour le rattacher à
la vie.

Car la morte, la jalouse morte, avait tout
emporté avec elle : inspiration, espoir, talent,
courage.

Le violon n'avait plus de voix : le malheureux s'asseyait, tout le jour, au seuil qu'avait
franchi la longue boîte noire, où, sur un lit de
son, dormait le corps chéri. Et, pendant que
la petite *Süschen* se roulait au soleil dans le
sable jaune des allées, il pleurait.

Il pleurait ; et toute l'énergie de son âme
résignée, tout l'amour paternel de son cœur,

santé, bonheur, fortune, tout s'écoulait avec
ces pleurs amers. Deux années se traînèrent
ainsi, longues et mornes.

La misère avait fait cortège, et les pauvres
meubles étaient partis un à un : l'anneau
d'or du mariage donna du lait à l'enfant qui
en était née.

Une après-midi que *Süschen* jouait dans le
jardin, envahi par les orties et les ronces,
Wilhelm écoutait, songeur, ces monologues
interminables de bébés, que Dieu et les mères
entendent ; tout à coup, les lèvres de la petite
se tordent en un rictus affreux, ses bras se
raidissent, ses menottes se retournent en dedans, convulsées, tremblantes.

Ce fut tout. Bah ! ce pauvre être avait sans
doute l'idée d'une maman, et il était allé
là-haut tendre son petit bec rose à son premier
baiser.

Encore des larmes pour Wilhelm ? Non ;
cette fois, la source est tarie ; ses yeux sont
secs.

Il part, son violon sous le bras ; il va, il

court, sans regarder en arrière, comme ayant peur d'être suivi ; il fuit, le cœur serré, ce village maudit, où la mort a fauché tous les siens.

Il marche du matin au soir, sans se lasser, gagne le duché de Bade, la Suisse : c'est trop près encore ; il poursuit sa course par delà ces monts aux cimes perdues dans les nuées.

Là seulement, il pourra respirer plus à l'aise, sans que l'âpre haleine de la mort lui mette un frisson à la nuque.

Une nuit qu'il dormait à la belle étoile, il s'éveille avec un mal étrange : une douleur aiguë, lancinante, étreint son front comme une couronne d'épines ; il ouvre les yeux, et, encore que le ciel soit poudré d'or, ainsi qu'une page fraîche écrite, que la lune brille en son plein, il ne voit qu'une nuit épaisse.

Cependant le jour est venu ; il se lève et ne peut se diriger qu'à tâtons, battant l'air de ses mains ouvertes.

Il s'élance, au murmure argentin d'une

source, et, se jetant à genoux, il baigne à grande eau son front, ses paupières brûlantes ; il se lave avec frénésie, il frotte avec une rage furieuse de maniaque ; en vain !

Mon Dieu ! oui, c'est tout simple ; le ciel lui a ravi sa Charlotte, sa petite Suzanne, ces êtres qui lui étaient plus chers mille fois que ses prunelles ; il ne lui restait plus que ce seul bien : la vue. C'est trop encore : il est aveugle.

Ah ! dame, les premiers temps n'ont pas été couleur de rose ! Puis, petit à petit, l'habitude, cette polisseuse, a passé sa lime puissante sur les aspérités du mal.

Il fallait vivre, est-ce pas ? Oh ! l'excellent maître, la faim !... Côme, Bergame, Brescia, mornes étapes du rude voyage, vous savez ce que j'ai souffert pendant près de sept années... sept siècles !

... Bah ! ô *Rheinwein*, puisque je te retrouve, ô mon vieux camarade, il y a encore de bons moments. Une chaleur vivifiante a rendu la vie à mes membres transis, un sang

rajeuni bouillonne dans mes veines. Wilhelm
est mort, vive Wilhelm !

Allons, mes amies, tendez vos verres, que
je les emplisse jusqu'aux bords, et trinquons
à la résurrection du maître !

Puis, brandissant son violon d'une main
fiévreuse, il poursuivit :

— Je veux, ce soir, faire jaillir de cette
boîte de cèdre une source neuve d'harmonie ;
l'enfant prodigue est de retour !... Envolez-
vous, notes légères, mélodies rêveuses, airs de
bravoure ; envolez-vous, enfants capricieux de
mon ivresse ! Prisonnières ailées, je vous
rends la liberté de l'espace ! Allez, et qu'en
ce jour d'allégresse, l'air natal tout entier
tressaille de l'étrange harmonie de vos accords
divins !

Et l'aveugle, calant le violon à son épaule,
gratte du plat de l'archet les cordes sonores ;
il prélude en un mode mineur d'une langueur
infinie, puis il attaque un hymne triomphal.

... Mais, soudain, un flot de sang empour-
pre ses joues, l'instrument échappe à ses

mains, qui fouettent l'air d'un battement
angoisseux et fébrile, comme, pour un envolement suprême, les ailes d'une mouette
blessée. L'émotion est trop forte : ses genoux
fléchissent, et il tombe de tout son long, avec
une raideur crispée d'acrobate.

XIV

... Octobre était venu, avec les gémisse-
ments lugubres de la bise. Déjà les cigognes
se rassemblaient en troupes stridentes, prenant leurs rangs pour le départ. Les volets
verts des villas se fermaient un à un, tandis
que les panaches de fumée des steamers se
faisaient plus rares sur le fleuve, et que, dans
les places plantées, les feuilles jaunies des
tilleuls s'envolaient vers le ciel en spirales
poudreuses.

... Dans la salle basse de la « Cigogne d'or »,
tout contre le poêle de faïence bleue, qui ronfle avec un bruit sourd de cascade, Zanetta,

la petite Zanetta, l'étrangère, se blottit, frileuse et transie.

Perchée sur une chaise haute, en une pose recroquevillée d'oiseau malade qui hérisse ses plumes, les pieds crispés au barreau, vêtue d'une robe de drap épais, où le châle rouge fait un triangle sanglant, elle est là, pensive, immobile, ses longues mains diaphanes croisées sur ses genoux, comme assoupie et tassée en une contemplation soucieuse d'infini.

Ses yeux, larges ouverts, font de grands trous noirs dans sa petite figure de cire vieille ; elle fixe, avec une obstination maladive et lassée, le reflet de la flamme sur les dalles.

... Houhou, hououhou.., houhouhou... hou ! hou ! fait le vent en s'engouffrant sous la porte, qu'il ébranle. Hou... hou,.. hou... ou, souffle-t-il, par les ais mal joints des croisées. Et la phrase monotone, sinistre comme un râle, s'enfle jusqu'au hurlement d'une louve aux abois, puis finit *decrescendo*, en mourant, pour reprendre, après, de plus belle.

Et la fillette grelotte et frissonne de tout

son corps, sous la bouffée d'air froid qui
pásse.

Oh! la vilaine bise du nord, qui gèle le
sang dans les veines et qui glace jusqu'aux
moelles !

Où est-elle donc la rose des vents aimés ?
Où la chaude haleine du *Sirocco*, où la brise
rafraîchissante de la Tramontane? où le Po-
nant? où le Levant?

Oh! le souffle navrant, pareil à un cri de
détresse dans la nuit, qui fait vibrer les
muscles et claquer les dents! Oh! l'âpre
aquilon qui donne la chair de poule ! Oh! le
méchant climat, qui fige jusqu'à la pensée !

De fait, à quoi songe-t-elle, la pauvre
petite? Sans doute à la rue de la Paille et
aux tiédeurs fades de l'échoppe, au grésille-
ment du fer chaud dans les cheveux? Sans
doute à la tante Erminia, le dos au feu,
dans sa cuisine, épluchant des tomates ou
flambant un chapon? Peut-être au seigneur
chanoine ou à la place Victor-Emmanuel, à
la musique essoufflée des *bersaglieri*? ou

encore à ses Arènes, à ces chères pierres dorées par le soleil du pays ?

Peut-être ressasse-t-elle, en son cerveau affaibli de moribonde, l'angoisseux épisode de
ses amours muettes, et pourtant condamnées !

... Non ! Zanetta se demande, peureuse, si
Wilhelm, en rentrant ce soir pour souper, ne
va pas la trouver toute froide...

Écoutez-la ! Avec quelle attendrissante fer-
veur elle implore la patronne des affligés : sa
pauvre âme saignante, si mal en point pour
le grand voyage, elle la met entière dans cette
supplique :

— O madame la Vierge, faites-moi l'aumône d'une heure !... Une heure, par grâce,
et je partirai contente !

Elle ne se crée pas d'illusions ; il y a beau
jour que les dadas des rêves ont pris la clef
des champs, comme on dit. Bah ! aujour-
d'hui... va-t'en voir, Jean, s'ils viennent !
Car, cette fois, c'est la fin ; depuis huit jours,
elle agonise. Chaque matin, elle s'éveille plus
faible et plus lasse que la veille ; chaque heure,

qui s'enfuit, emporte au bout de son aile un lambeau pantelant de sa vie.

Voici que maintenant elle n'a plus même la force d'un oiseau : le moindre mouvement lui tire des larmes; elle souffre pour remuer le doigt, et, lorsqu'elle respire, on entend comme un clapotis, une note pas juste de basson poussif. Aussi bien, on ne vit pas de l'air du temps, et elle a au gosier une boule, qui l'obstrue et le bouche.

C'est fini, les cabrioles ! La voilà attachée, maintenant, la chevrette, et de si court, qu'elle n'a plus qu'à se coucher tout contre le piquet, pour y mourir !

Vous souvenez-vous, à Bade, quelle grande fille c'était ? Aujourd'hui, un tassement s'est fait; elle est toute rentrée dans elle-même, ainsi qu'un oiseau endormi, et sa taille est revenue au niveau d'autrefois, tant l'affaissement des longues heures assises a pesé d'un poids lourd sur ce corps avachi. Son front s'est gaufré de rides profondes. Que d'amour perdu, au fond de ces trous béants ! Ah ! on

n'y trouve plus la portée de musique de jadis ! Les cinq lignes en ont engendré d'autres, et à peine si l'on distingue aujourd'hui
le petit signe noir, le *bémol*, vous savez, en-
foui entre deux plis pleins d'ombre ; et voici
que les sourcils, à leur tour, ces sourcils
arqués, qui se rejoignaient presque, en forme
d'accolade, sont fendus, au-dessus du nez, par
trois lèvres verticales !

La tourmente s'est tue : prêtez l'oreille !
Entendez-vous pas comme un galop rapide
sur la terre glacée et sonore ?... Les pas
s'éloignent dans la nuit... s'éloignent... et le
vent de nouveau fait rage sous la porte.

Qui vient de quitter la guinguette, à pareille
heure !... Un buveur attardé, sans doute ?
Non ! C'est un voyageur qui se hâte, un ouvrier de misère, qui a nom *Phtisie ;* il ne
chôme pas une fête, et s'en va, toujours courant, où la mort l'appelle.

Voyez-vous, sur ce pauvre petit visage de
fillette, les traces de son passage ? On dirait
la face piétinée par les rudes sabots d'un

cheval ; même, à l'une des joues, une large tache violette semble la meurtrissure d'un fer.

... C'est fini ! Elle va bientôt dormir tout son soûl, l'étrangère ! Et cela n'est-il pas mieux ainsi ? Puisque Wilhelm ne l'aime pas, ne l'aimera jamais, à quoi bon rester ici-bas, pour y être malheureuse ?

Aussi bien, il n'a plus besoin d'elle, l'ingrat ; elle peut partir : sa mission est remplie, et elle s'endormira tranquille.

Non ! elle a beau se creuser la tête, elle ne regrette rien... rien !

... Si, pourtant ; une chose, une seule : mourir là, dans ce pays qui n'est pas le sien, et surtout y demeurer toujours, sous l'herbe drue du cimetière : la terre doit y être si froide, et si dure, et si lourde ; et le vent, dans les aiguilles des pins, doit troubler le sommeil.

Oh ! ce cimetière, où l'ombre des cyprès fait une nuit constante, ce champ de repos morne et glacé ! Wilhelm l'y a conduite, une

après-dînée, et elle s'est agenouillée à la place
où gisent, côte à côte, la mère adorée et
l'enfant.

... Elle n'avait pu s'empêcher de frémir, en
priant pour cette femme morte, qu'il avait si
tendrement aimée. Elle, au moins, elle avait
soulevé un coin du rideau de la vie, avant
d'entrer dans les ténèbres éternelles; elle,
au moins, l'heureuse créature, avait quitté
la blanche robe des vierges, et avait pu
parer son front du voile nuancé des mères.

Et, jalouse, elle avait maudit, en son cœur
d'incomprise, le court bonheur de l'épouse
qui reposait là, si doucement, ayant emporté
dans sa tombe tout l'amour de Wilhelm avec
toutes ses larmes.

Et voici qu'elle allait être enterrée près
d'elle !

... Mais déjà, de cette enlevée de colère en-
vieuse, il ne reste plus trace : la mort approche, avec son cortège d'indulgentes pensées
et de pardons ineffables, balayant les rancunes
et les haines.

... Bah ! le sol est-il si froid, seulement ?
Il y a bien là quelques fleurettes, des pervenches ; elle en a cueilli, l'autre jour... parfois
peut-être un petit air de soleil !

Après tout, est-ce qu'on sait ? Quand on
est mort, on ne sent plus rien.

... Mais Wilhelm ne rentre pas.

Oh ! pour ça, elle ne veut pas s'éteindre
sans l'avoir vu une fois encore : elle a cent
choses à lui dire ; et puis, sans doute qu'il res-
terait près d'elle, il aurait ce tendre courage,
lui parlerait, la distrairait, enfin la prendrait
par la main pour lui faire la conduite dernière...

... Maître Wilhelm était sorti depuis le
matin. L'hôtesse de la Cigogne avait accompli
des miracles ; non contente de le loger et de
l'héberger sur parole, elle lui avait déniché,
ma foi ! une place point mauvaise chez le
bourgmestre, un mélomane dangereux, qui,
le jour, prenait d'utiles arrêtés, mariait, cal-
culait, minutait à la satisfaction générale, et
s'entêtait, de nuit, à mettre à mal d'innocentes

18

portées. Bref, cet homme public était, dans
le particulier, compositeur indécrottable, et,
depuis fort longtemps, était mordu de la dé-
mangeaison de faire exécuter solennellement
sa musique.

L'aveugle, qui l'avait gratté au bon endroit,
figurait dans l'orchestre avec des émoluments
respectables. Ce jour-là précisément, on répétait un *oratorio* inédit, de la façon du maëstro
bourgmestre.

. . . .

Huit fois le coucou, avec un bruit de res-
sorts détendus, a jeté ses deux notes enrouées ;
la malade s'impatiente, et elle tourne avec
un effort sa tête anxieuse vers l'horloge en
forme de chalet, pendue à la muraille derrière elle.

S'il allait ne pas rentrer à temps ?...

La salle est longue : le plafond très bas est
traversé d'outre en outre par une solive de
bois vermoulu qui se moud en fine poussière,
où, parmi les jambons qui sèchent, et les
pièces de lard, une petite lampe est accrochée ; l'abat-jour de tôle peinte et vernie fait

sur les dalles un grand rond de clarté blanche, qui se meut avec un va-et-vient lent de pendule.

Au fond, un billard, drapé d'une housse claire, semble un lit énorme dressé; vis-à-vis de la porte, un comptoir d'étain poli supporte une escouade de brocs et de bouteilles; çà et là, éparpillées suivant le caprice des buveurs, des tables de bois peint en vert et des chaises pareilles; près du poêle, un dressoir de vieux noyer étale la réjouissante symétrie de ses assiettes à fleur et de ses antiques plateaux de cuivre repoussé.

Le vent au dehors souffle en tempête; il miaule épouvantablement, comme feraient des milliers de chouettes; la porte geint, la croisée grince, et le tac-tac du coucou, et le ronronnement d'un chat noir, roulé en boule soyeuse sur le dessus de marbre du poêle, battent en cadence la marche insouciante des heures.

Et Wilhelm qui ne revient pas!

Wilhelm, Wilhelm, hâte-toi si tu veux l'embrasser vivante!

XV

Enfin... la sonnette du jardin a tinté faiblement. Un pas lourd, hésitant, crie sur le sable
de l'allée... C'est lui! c'est Wilhelm!

— Holà! lance-t-il à pleine voix du dehors,
je meurs de faim, madame Mathilde!

Il entre.

— Brrr...! il fait un joli froid, ce soir!...
Et la malade, comment se comporte-t-elle?
Dis, Zanetta, nous souperons ensemble, hein?

Et il ricane en s'installant contre le poêle,
aux côtés de la fillette.

A sa vue, celle-ci a poussé un long soupir,
presque joyeux.

— Je ne mourrai donc pas comme un chien, toute seule !

Il y a cela et bien d'autres choses encore dans ce « ah ! »

Elle semble plus calme à présent, et, à voir ses joues incendiées d'une rougeur subite, on jurerait que la vie vient de rentrer avec l'aveugle. Mais ce n'est qu'un éclair, une pâleur livide a recouvert son visage, ainsi qu'un drap mortuaire.

— Wilhelm, murmure-t-elle d'une voix comme soufflée, venez là !

Et, après chaque mot, elle avale avec bruit sa salive.

— Venez là, je voudrais vous dire... Plus près ; je ne puis parler si haut !... Oui, comme cela. Donnez-moi... votre... main dans les miennes. Merci ! Ah, tu es bon !... Vois-tu, je suis faible... tu me jetterais par terre... d'une pichenette ; c'est que je m'en vais. Demain, je ne serai plus là... je le sais. Alors, tu comprends, cela ne fait rien que je te dise « tu »..., et ça me cause un plaisir !...

18.

La première et la dernière fois!... Mais avant de... avant, enfin, je veux te dire... je veux te dire tout ce que j'ai là... au cœur... tout, tu entends, Wilhelm? Il me semble... que... je m'envolerai plus légère, quand j'aurai déchargé ce gros secret qui me pèse... depuis l'autre an. Mais voilà! c'est délicat... et malaisé... et je ne sais comment... Jure-moi que tu ne me gronderas pas... ce serait bien méchant de me gronder, au moment où je vais te quitter pour toujours; tu le promets?... Eh bien! je...

Je t'aimais, Wilhelm, depuis le jour de ton arrivée à Vérone, tu te souviens, chez le *signor Parruchiere!* Oui, de cette minute-là, je fus à toi, toute à toi. Dis? tu ne t'en es jamais douté, est-ce pas?... non, jamais?

C'est ça qui est drôle, vois un peu, et puis triste en même temps... Enfin, c'est ainsi! A présent, il n'y a plus rien à faire...

Ah! comme je t'aimais, mon Wilhelm! Vrai! personne ne t'a mieux chéri... personne... pas même...

J'étais peut-être trop exigeante... car, après tout, je te voyais, je t'avais; j'étais auprès de toi la moitié du jour; j'étais heureuse et n'aurais rien dû souhaiter... davantage. Pourtant... peut-être bien... si tu avais su...! Non, ne parle pas, ne dis rien; il est trop tard; qu'est-ce que tu veux?... Je vais te demander une chose, une chose qui me serait... très douce. Prends ton violon et joue moi, tu sais... ce que... *Plaisir d'amour*...

Wilhelm, l'âme brisée, commença le refrain en sourdine.

— Oui, c'est vrai! c'est cruellement vrai! les peines d'amour, cela ne finit qu'avec la vie... Oh! l'amour! l'amour, farine du diable, qui ne se moud jamais qu'en son!...

Mais en voilà assez, merci!... Je n'ai pas de temps à perdre, les minutes sont comptées... La mort est là, derrière la vitre... elle me fait signe... Qu'est-ce que je disais? Je ne sais plus. Oh! ma pauvre tête est vide, vide... Ah! c'est cela... Je t'aimais bien, va, Wilhelm, tu étais mon Dieu, ma vie, tout...

tout. J'ai fait mon possible pour te le prouver... Mais tu n'as pas vu. Oh! ce n'est pas
ta faute : j'étais trop bas, trop petite. Tu me
méprisais, peut-être?...

C'est juste... une servante, cela ne compte
pas; Non, tais-toi! ne proteste point,
chéri. C'est tout simple, après tout; j'étais
folle!... Seulement, tu vas comprendre... cela
m'eût... peinée de mourir, avant de t'avoir...
avoué ces... choses.

Ah! mourir! sainte Vierge, sainte Madone!
que je suis contente, et que cela me soulage!
Je ne pouvais plus... je crois que j'aurais
parlé. Ça me pesait, ça m'oppressait!... Hein?
qu'est-ce qui serait arrivé si je t'avais, un
beau matin, conté... mes folies..., si j'étais
accourue à toi... avec de l'amour... plein le
cœur et... plein... la bouche? Qu'aurais-tu
fait?... Tu m'aurais laissée là..., pas vrai? Tu
serais parti... sans moi... tandis que, comme
cela..., tout s'arrange...

Je t'aime... je t'aime... je t'aime! Ah!
que cela fait de bien de se mettre à l'aise une

bonne fois! Je t'adore, mon bien-aimé... Tu es bon... tu ne me grondes pas. C'est le privilège des mourants... ils peuvent tout dire, sans que... cela fâche. Je t'adore. Je suis heureuse, heureuse... heureuse!...

Quelle chance que je n'aie rien, dis? Il aurait fallu... un testament, des écrits... je ne sais quoi enfin, et je n'aurais pas su... Le chapelet, dans ma poche... je te le donne... c'est tout ce qui me reste...

Non! ne retire pas ta main, elle est tiède et moite, et... j'ai grand froid!

Je suis contente de te laisser en ce logis... hospitalier. Madame Mathilde a bien soin de toi... je l'aime... tu le lui diras... sa fille aussi. Remercie-la... pour ses fleurs... elles sentent encore bon depuis hier... Oui, je pars tranquille...

Sais-tu une chose? A-t-on froid, quand on est mort?... Comme il doit faire bon dormir, dis, au *Campo-Santo*, tout en haut du mur, au soleil, dans une petite niche bien close!... *Addio! addio, Veronetta!* Bah! ce sont des bêtises ; est-ce qu'on ne dort pas partout ? Et puis, je serai morte, est-ce pas ?...

Elle fit une pause, le souffle venant à lui manquer ; puis, d'une voix rauque, angoissée, elle cria trois fois : Wilhelm !...

Puis, en proie aux affres suprêmes, elle râla :

— Oh ! par pitié ! ne me laisse pas seule ! Ne t'en va pas ! j'ai peur !... C'est vrai ! je suis aise de mourir... mais, vois-tu, c'est affreux... tout de même... Tiens, la mort, regarde ! Ah ! qu'elle est laide !... L'entends-tu qui vient...? Sens-tu son haleine glacée?... Ne me quitte pas ! Ah ! ta main..., ta main ! Crains-tu qu'elle te prenne..., toi aussi?... Ah ! ah !... non, pas encore... un petit instant, ô mon Dieu !... Le seul..., le seul... bon moment de ma... vie... Sainte Vierge !... dites-lui... d'attendre... Oh ! *di grazia !*... c'est si gentil !... Oh ! oh !... Je t'aimais bien... va... *caro mio !*...

TROISIÈME PARTIE

Tant grate chièvre que mal gist

Roman de Renart. (V. 5, 150.)

I

— Quand je devrais l'y porter dans mes
bras, avait dit Wilhelm, je veux qu'elle repose là où elle est née !

Et le brave homme s'était tenu parole.

Certes, cela n'avait point été commode !
Tout d'abord, il avait fallu cacher le petit
cadavre ; il l'avait cousu, la nuit, dans un drap
blanc, parfumé de lavande ; lui-même avait
fait la toilette, et Dieu sait s'il y avait mis ses
soins !

Sur les cheveux d'or fauve de la petite, il
avait posé une couronne de roses du Bengale,
les dernières du jardin ; il lui avait au cou
noué, avec un velours, une croix d'or, achetée

19

à crédit chez le père Silbermann, l'orfèvre de la place du Parvis.

Ainsi parée, il l'avait baisée longuement, et sur les lèvres, cette fois, ses pauvres lèvres, si froides et si pâles; puis, dans une longue caisse de sapin odorant il l'avait doucement couchée, sur un lit d'ouate épaisse, afin qu'elle eût plus chaud.

Par exemple, quand il s'était agi de clouer le couvercle, les forces lui avaient manqué! Il ne pouvait se faire à cette idée de séparation suprême; car, jusque-là, elle lui semblait vivante encore, dans ce petit lit blanc, qu'il lui avait fabriqué de ses mains!

Aurait-il ce dernier courage de mettre entre la morte et lui cette infranchissable barrière? Et, sans la visser, il avait placé la lourde planche sur la boîte pleine. Comme cela, au moins, il pourrait, à sa fantaisie, embrasser ces joues jaunies, presque dorées par la mort, et prendre, en ses larges mains, ces chères menottes glacées.

Il s'était enfin procuré, à peu de frais, un

de ces chars étroits, en usage dans les montagnes de Suisse, attelé d'un maigre bidet, que menait en bride un gamin, à la mine gaillarde, point bavard, ni poltron, tout fier d'être choisi pour cette ténébreuse et secrète entreprise.

— Je reviendrai, avait crié l'aveugle à l'hôtesse de la Cigogne-d'or, qui pleurait sur le pas de sa porte, je reviendrai !

— Hélas ! mon doux Jésus ! sanglotait la bonne vieille, nous ne le reverrons plus, et nous n'entendrons plus son enjôleuse de musique ! Mais, là, je vous le demande, qu'avait-il besoin de s'empêtrer de ce pauvre petit chat, qui n'avait pas dans le corps pour quatre *Pfennige* de vie !

Et c'était seulement après que le char, ayant descendu au pas la pente raboteuse, eut tourné l'angle de la rue du Plat-d'Étain, qu'elle s'était décidée à rentrer, la chère dame *Mathildchen*, toute secouée par de gros hoquets larmoyants, qui faisaient danser drôlement ses tire-bouchons couleur de poivre en poudre.

II

Ah ! le navrant voyage que ce fut ! On évitait peureusement les routes fréquentées, faisant de longs et pénibles détours par des chemins de traverse, vrais sentiers de chèvres, où le cheval butait, et où l'on poussait ferme à la roue de derrière.

On mangeait sur le pouce, à un bout de table d'auberge, on buvait à la régalade, et, le soir, on couchait sous la voiture, roulé dans une limousine.

Ah ! les nuits désolées et trembleuses, côte à côte avec la bière, enfouie sous les bottes de paille !

Le petit dormait à poings fermés, comme

on dort à dix ans, sans souci des morts qui reviennent. Wilhelm, lui, songeait, le front dans ses mains.

La belle matière à rêveries, vraiment, à rêveries couleur du temps, un mois d'octobre pluvieux et maussade !

Il avait tout fait, il était cause de tout ! C'était lui qui avait entraîné Zanetta à sa suite ? Est-ce que, seule, elle eût jamais pensé à quitter Vérone ?

Une folie, ce passage des Alpes ! Absolument comme s'il s'était imaginé de planter une châtaigne dans les neiges irisées du mont Rose. Elle était frêle, après tout ; si elle endurait la fatigue, les coups, la faim et le reste, la raison en était le soleil de là-bas, qui nourrit, guérit et repose.

Et il l'avait prise, à son dam, sans se demander ce qu'il adviendrait d'elle, pour l'emporter à l'ombre, en une âpre contrée, où il vente, où il neige, où il gèle.

Ce n'était pas tout encore ! Elle l'aimait,

il ne l'avait pas deviné, l'aveugle ! Qui sait si
l'amour n'aurait pas remplacé le soleil ? La
chaleur moite d'une serre, voilà ce qu'il fallait
à ce petit être nerveux et malingre.

Eh bien ! il l'avait arrachée aux tiédeurs
familières d'un éternel printemps, pour lui
donner en échange : quoi ? l'haleine mortelle
des glaciers et sa superbe indifférence !

Ah ! qu'il se sentait coupable de ne l'avoir
pas chérie comme elle le méritait ! Était-il pas
digne d'être compris, ce cœur dont il avait
éprouvé la trempe singulièrement fine ? pas
digne d'être aimée, cette chère créature, dont
il avait maintes fois ouï vanter la gentillesse,
la grâce, la beauté même, relevée d'un ragoût
de sauvagerie ? Mais non ! ces prévenances,
ces petits soins devaient être à l'adresse de
l'aveugle ; il l'avait cru, du moins ; sur cette
fiole de liquide généreux, il avait mis l'éti-
quette : pitié. Dévouement non pareil, mais
dévouement tout sec ! Allons donc ! Est-ce
qu'il y a de ces renoncements, sans une cause
brûlante et profonde ?

L'amour seul sait enfanter de tels prodiges de charité, de tels miracles de tendresse.

Et il n'avait pas lu la passion écrite en caractères de feu dans ce cœur ulcéré !

Souvent, il avait des enlevées de rage folle contre la destinée et son ordonnance mauvaise ; c'était comme aux repas de noces, où le plat doux paraît sur la table, à l'heure où les convives crèvent d'indigestion : ce joli mets sucré d'amour arrivait trop tard dans sa vie.

Mais aussi c'était la faute de ses yeux : est-ce qu'avant sa cécité il l'aurait laissée passer inaperçue, cette mignonne ? Sa pâleur, son front plissé et son sourire navrant d'incomprise ne l'auraient-ils pas renseigné ? Ah ! Dieu était sans pitié !... Si du moins, avant de devenir aveugle, il l'avait pu voir une fois ! Cela eût suffi peut-être à faire jaillir l'étincelle ! Et alors il eût si chaudement enveloppé de tendresse le cher oiseau frileux, si bien fermé portes et fenêtres sur cette tiède atmosphère d'amour, que la méchante visiteuse aurait trouvé visage de bois !

Povera Zanetta !
Et Wilhelm, comme

Li quens Rollans, quant il veit mort ses pers

battait sa coulpe, longuement, furieusement,
avec rage. Hélas ! à quoi bon se désoler à présent ? Ces trésors de grâce, ce charme, cette
bonté aimante et sereine, tout était empilé, sans
respect, dans cette boîte, et pour n'en jamais
sortir.

...Dès la première heure du jour, il ceignait
ses reins et gagnait pays, brisé de ces longs
tête-à-tête avec la morte, de ces monologues
navrés où le chagrin, torrent débordé, char-
riait une écume lourde de remords.

Parfois, expédiant le gamin au village, il
restait seul avec le corps chéri, qu'il avait
juré d'ensevelir en terre chaude. Alors il
était aiguillonné d'envies étranges : comme de
lever ce couvercle, et de réchauffer sous ses
baisers ces paupières closes ; un scrupule le
retenait ! Non, cela l'éveillerait peut-être ; et
elle avait tant besoin de sommeil !

Puis, avec des précautions infinies, des
gestes doux et lents de nourrice, il couvrait
d'herbes odorantes la petite bière de sapin
jaunâtre, semée de nœuds châtains pareils.
à des prunelles, la cravatait de couronnes
tressées, l'habillait de guirlandes de lierre et
de pervenches ; fanées, il les renouvelait, pris
de coquetteries pieuses.

Parfois, durant les haltes auprès d'une
fontaine, après un déjeuner de pain bis,
largement arrosé d'eau claire, il tirait son
violon de sa gaine, et doucement, *mezza voce*,
il jouait cet air de Martini, qu'elle avait tant
aimé. Les cordes pleuraient sous l'archet,
rendant comme une plainte chevrotée de
vieux homme ; il y mettait tant de feu et tant
d'âme, qu'après, en épongeant ses tempes
baignées de sueur, il pensait :

— La petite m'entend et me pardonne !

Il était obsédé de l'idée qu'elle lui en
voulait de l'avoir méconnue, dédaignée peut-
être ; il ruminait ses paroles dernières, et y
croyait démêler un reproche : sans cesse, il

les marmonnait, ainsi qu'un bréviaire, à voix basse, épluchant chaque phrase, faisant une singulière autopsie des mots, qu'il façonnait ensuite à sa guise, afin de les adapter de force au cadre étroit de sa douleur. Mais il avait beau en tourner et retourner le sens, il n'y pouvait lire autre chose qu'un sentiment profond de pardon résigné.

Et cependant, tout n'était pas mort avec elle, croyait-il; et il courbait le front sous le fardeau de cette rancune suprême, sous ce faux semblant de haine, qu'il sentait vivante en son cœur repentant.

III

Non loin de Fribourg, les sonneries argentines d'une petite charrette de marchand de coucous, traînée par un gros chien, pomponné de sonnailles, lui remirent en mémoire un concert en plein vent, qu'ils avaient donné, impromptu, dans cette ville.

Ils s'y étaient arrêtés, l'escarcelle fort plate, par une chaude journée d'août ; ils avaient suivi la *Kaiserstrasse,* où une jolie brise chantait dans les tamaris des villas, et avaient débouché soudain sur le *Vieh-Markt,* grouillant d'une foule endimanchée, dans le vacarme joyeux d'une foire.

Oh ! les enchantements enfantins de Za-

netta, les cris de bonheur, il s'imaginait les
entendre encore : la fillette se croyait revenue
à Vérone, sur la *piazza delle Erbe,* un jour
de marché.

Quelle pétulance! Elle le tirait par la main,
pour lui faire hâter le pas, et jouait de son
poignet comme d'un clavier, le martelant à
chaque merveille.

Elle trépignait d'une joie folle, disant :

— Maître Wilhelm, des citrouilles!... Oh !
des rubans, maître Wilhelm! Les beaux cos-
tumes ! les beaux fruits ! Et là-bas, une ména-
gerie : entendez-vous comme cela hurle, là-
dedans? Et ici, ces mignonnes horloges, qui
battent si gentiment l'heure, toutes ensemble.
Que je suis contente, maître Wilhelm !

Tout y passait : chaque scène de cette co-
médie réelle était cueillie, toute vive, ainsi
qu'un papillon aux ailes de velours, piquée
et classée à sa place ; chacun de ces tableau-
tins était croqué au galop et décrit, jusqu'au
grain de la toile.

Elle babillait, babillait... un vrai *coucou!*

Dans le rectangle, fermé au fond par les lignes sévères de la Poste, en grès rouge, et, sur les bas-côtés, par les élancements maigres des maisons gothiques, aux croisées percées de guingois, — où les charpentes mettaient la gaieté de leurs sculptures naïves, la grimace d'un moine bouffi, ou les galopades d'un troupeau de porcs à travers des feuillages compliqués, — des baraques se dressaient, sans ordre, semblant poussées là, en tas, comme des morilles au pied d'un orme.

Les toiles bariolées des éventaires frissonnaient, avec un léger battement de voiles carguées ; aux tringles des auvents, de lourdes bottes de cuir fauve se balançaient, des pièces d'étoffe s'enroulaient, pareilles à des cordons d'aristoloches teintes de couleurs claires, avec des nuages effilochés de mousseline, et des flamboiements de drapeaux noirs, de flammes rouges.

Sur des nappes blanches, des bonshommes de pain d'épice, habillés d'un grésil de sucre peint, découpaient leurs profils camards ; des

colonnes de nonnettes supportaient des portiques de mirlitons dorés, striant des échafau-
dages réjouissants de moutons frisés, bébés
de cire, soldats de plomb casqués, poupées à
la mode peignées en queue de vache, chevaux
de bois, tambours, sabres, fifres et clairons.

Sous des tentes, les marchands, en culottes,
vestes ouvertes sur les chemises bouffantes,
larges agrafes d'argent au ventre, gesticu-
laient, lançant des appels essoufflés et quêteurs.

Un diorama, avec son enfilade d'yeux de
cuivre poli, s'étalait entre la maison roulante
d'une somnambule et l'affiche énorme enlu-
minée de la « belle Hessoise, la merveille de
l'empire ».

Dans un angle, les toiles peintes d'une mé-
nagerie ambulante tremblotaient, donnant
un semblant de vie à ses monstres troués, ra-
piécés, en loques.

Au centre de l'enceinte des boutiques, des
étals de fruits et de légumes tachaient le pavé
de rouge et de vert ; sous l'envolement raide

des bonnets de dentelles, les potirons, à la
peau rosée, montraient leurs panses éventrées
jaune d'or ; des pyramides de melons, bos-
sués de verrues, s'écrasaient, à côté des piles
de choux rouges, piqués des tons laiteux des
salades, de la pourpre sanglante des pourpiers
et du blanc d'ivoire des concombres ; sur les
tréteaux, où s'appuyaient des hottes pleines
de groseilles et des mannes de prunes violettes,
des corbeilles de raisins noirs alternaient,
par étages, avec des boîtes longues, d'où
sortaient, d'un lit de mousse ou de papillotes
roses, les rondeurs veloutées des pêches et des
queues de poires emmêlées.

Zanetta était ravie : cela la rajeunissait, ce
spectacle ; elle y retrouvait des senteurs familières, une palette de couleurs aimées, dorées
par un vrai soleil, dans un ciel presque bleu
comme là-bas.

IV

Puis, en un groupe, les fromagères se démenaient, les manches retroussées jusqu'au coude, avec l'éclair d'un tranchoir dans le crâne d'un « Hollande », ou la meule d'un « Gruyère » ; les cônes de beurre, roulés dans des feuilles de choux, effilaient leurs pointes jaunâtres, comme des boutons de magnoliers mi-ouverts.

Plus loin, les bouchers, le tablier fouetté de sang, la ceinture luisante de couteaux, de couperets, d'affiloirs, grouillaient dans l'odeur fade des viandes, derrière les quartiers de bœufs pendus, le ventre ouvert, piqué de roses en papier, étalant leurs membranes

ajourées en dentelles, et les corps d'agneaux
acéphales, les chairs marquetées de dessins
en damiers, qui se balançaient avec un va-et-
vient veule de pantins nus ; sur les billots
sanguinolents, les bataillons de côtelettes
montaient la garde devant les aiguillettes de
rognons, en forme de grosses châtaignes.

Puis, les charcutiers en plein air laissaient
entrevoir, à travers les guirlandes d'andouil-
lettes et les chaînes de saucisses veinées de
rose, un hérissement de bouts de langues
écarlates, de hures, sablées de chapelure
comme des allées de parc, des écroulements
de pièces de lard, des cascades de jambons,
où des meutes de cochons de lait, à la peau
ambrée, couraient, les pattes tendues par un
galop factice.

Venaient ensuite les pâtissiers, les mitrons,
vêtus de blanc, à demi-cachés derrière des
platées de brioches fumantes, des blockhaus
de pains chauds, en forme de roues pleines ;
les rôtisseurs, qui tournaient gravement les
broches enfilées de volailles, ruisselant d'une

graisse dorée ; les marchandes de poissons
verbeuses, debout derrière les comptoirs, où
frétillaient, sous les linges mouillés, les anguilles couleur d'encre, et les carpes nacrées
de la Dreisam, à côté des fritures de blan-
chailles ; les fermières, en chapeaux de paille
à larges bords, assises sur les mues, d'où
pointaient des cous d'oies grises, une crête de
coq, une oreille de lapin, un bec jaune de
canard.

Et quel bruit tout ce petit monde menait.
Les cris enjôleurs des vendeuses, les appels
emmiellés des vendeurs, le boniment sonore,
ponctué de grosse caisse, d'un arracheur de
dents sur un char tout doré ; les roulements
de tambours, la musique poussive d'un théâtre ; les débats tenaces, les ruses marchandes
des acheteurs ; les commérages, les parlottes
sans fin ; de temps en temps, un gloussement
de dinde, la fusée nasillarde d'une oie, la
plainte stridente d'une scie de boucher, le
coup sec d'un couperet ; les carillons des horloges de bois, les chants aigres des coucous,

promenés par des femmes de la Forêt Noire,
en jupons noirs, corsages verts, des grelots de
laine rouge au chapeau ; les tas de pommes
éboulés, avec un bruit roulant de galets sur
une grève ; enfin, faisant la basse du chœur,
un bourdonnement de mouches innombrables,
collées à la sueur poissée des fruits, au sucre
des tartes, au sang des viandes.

V

Quelle musique, bon Dieu! Et c'était au milieu de ce hourvari qu'ils s'étaient bravement installés, le dos à la fontaine, à encorbellement de ferronnerie gothique; lui, il avait mis son violon d'accord, l'oreille contre la grosse corde.

Par exemple, il n'aurait pas répondu de la justesse du *la!*

Puis ils avaient attaqué l'air de *Lucia*. Mais, va te faire lanlaire! cela grinçait ni plus ni moins qu'une pochette de maître de danse, et la voix de la petite sonnait tout ainsi qu'un nasillement confus de vieille femme en prières.

Peu à peu, pourtant, les marchés en train
s'étaient bâclés. Les fromagères avaient donné
le branle ; elles avaient, en bloc, déserté leurs
mal odorants étalages, et, les bras croisés sur
les rondes avancées des seins, elles avaient
écouté, bouche bée, les yeux demi-clos par
un petit chatouillement gentil des oreilles ;
les charcutiers avaient suivi.

— Sans doute, leurs bons amis — avait insinué Zanetta — en quête d'un bout de causette !

Puis les marchands de coucous avaient
fait cortège, et s'étaient posés en connais-
seurs, à cause de leurs méchantes serinettes.

Bref, le marché s'était tu, comme si une
baguette de fée l'eût endormi tout à coup ; et
les sergents de ville, en casques de cuir verni
à pointes d'argent, avaient fini par s'émou-
voir ! Ils étaient accourus, la bouche déjà
pleine de procès-verbaux, d'amendes, de
prison. Les sourcils buissonneux, la moustache tirée en bas par une moue grognonne, ils
couraient, croyant à un crime, à une rixe
pour le moins.

Ah ! mais ! les « menottes » étaient tôt
rentrées dans les poches des tuniques, à la
vue de la petite chanteuse ; même, de gros
rires les avaient secoués, ces dignes policiers,
et avaient fait voir leurs dents longues et
relevé leurs crocs blond fade jusqu'à leurs
yeux de porcelaine. Ils étaient demeurés dans
le cercle, sous le charme enlaçant de cette
voix chaude, qui montait au *si* comme à
l'entresol.

Il fallait voir, après, toutes ces braves commères fouiller leurs tabliers, gonflés par la
vente, les mitrons dénouer le coin de leurs
mouchoirs à carreaux, les bouchers tirer leurs
bourses de cuir, pour y chercher une piécette !

La jolie grêle dans le chapeau ! Et c'était
par poignées qu'il avait, lui, Wilhelm, fourré
les *Silbergroschen* dans sa poche.

Aussi avait-on soupé à la brasserie de
Souabe, où on s'était régalé d'un certain
lièvre aux confitures et d'une certaine bière à
se lécher les pouces ! Ah ! le fameux somme
qu'on avait dormi par là-dessus !

VI

Une après-midi, ils se trouvèrent soudain à la frontière : une patte d'oie de chemins poudreux, avec, au talon, une maisonnette en rocaille, toute frissonnante de lierre.

Le petit avait jeté à Wilhelm ces deux mots : les douaniers ! et enveloppé le bidet d'un large coup de fouet, afin d'accélérer l'allure.

La frontière ! Il n'avait pas tablé sur cette porte, qu'on lui pouvait fermer sur le nez, au cas où l'on découvrirait la bière ; sans compter le reste : la prison, l'amende... que savait-il ?

Et son vœu, pas même à moitié accompli, et la pauvre morte frileuse ! A quel charnier,

ouvert à tous les vents, jetterait-on ses os,
éparpillés dans cette décharge banale des
cimetières complets? Aurait-il bien le cœur
de l'abandonner, en proie à ce morne incognito de la mort?

Et il n'y avait pas songé! Triple fou! Il
eût été si aisé de passer en pleine campagne,
mettant à profit l'ombre d'une nuit sans lune :
en cette saison, il n'y avait qu'à choisir.

Ne se rappelait-il plus les histoires des
veillées anciennes, dans le flamboiement de
l'âtre? l'odyssée tragique d'un barillet d'eau-
de-vie, apporté en fraude sous des gerbes de
blé?

N'avait-il pas gardé le souvenir de ses étonnements stupides d'enfant, un jour qu'on lui
avait dit, montrant du doigt un grand gars
attablé :

— Regarde : c'est *Karl*, le contrebandier!

Quels yeux il avait ouverts, cependant, et
avec quelle curiosité grande il avait longuement contemplé le fraudeur! Ne s'était-il pas

entêté à chercher sur sa joue le trou d'une
balle de douanier ?

Quoi de plus simple que de faire comme ce
diable d'homme, qui avait empli ses rêves de
sa large carrure de héros ?

A présent, il était trop tard ; il fallait aller
de l'avant, sans hésitations et sans forfante-
rie ; marcher d'un pas nonchalant de bonhomme, saluer les gabelous jusqu'à terre, et
laisser fouiller sa voiture.

La couche de paille était-elle bien drue, au
moins ?...

Et l'aveugle palpait les bottes déliées, et,
par poignées, l'éparpillait partout également.

Enfin, avec une fièvre, on avait fait halte à
la hauteur du poste.

Un douanier encapuchonné sortit, les mains
dans les poches de son caban galonné.

— Rien de soumis aux droits ? fit-il d'un
ton ennuyé de la chaude sieste interrompue.

Pourtant, il s'avança, prit au râtelier un
long et mince épieu de fer, et, un pied sur la

roue de devant, il larda deux fois la litière d'outre en outre.

Ce fut tout : il rentra, grognant.

Une bouffée de chaleur jaillit aux joues de Wilhelm ; une larme perla à la pointe de ses cils.

... Dieu soit loué ! sa chère *Hanne* est sauvée !

Le reste du jour, il sentit au sein une douleur cuisante ; car, en fouillant le char funèbre, c'était son cœur même que la lance de cet homme avait percé.

VII

Chaque pas rouvrait une blessure nouvelle, chaque enjambée rendait plus cuisants les regrets. Ils foulaient à présent cette terre de Suisse, qu'ils avaient traversée au printemps, elle, pleine de vie et d'ardeur joyeuse, lui, dans l'enivrement du retour. Quel contraste, aujourd'hui !

Lui-même n'était plus le Wilhelm d'autrefois ; ses cheveux blonds s'étaient poudrés d'une fine poussière de poivre ; son front, ses joues étaient balafrés de rides, profondes ainsi que des cicatrices récentes.

On eût dit, en conscience, que Zanetta mourante lui avait fait présent d'une grosse

part de son âme. Il n'était plus le bel insoucieux d'antan ; il entourait la bière des mêmes
soins minutieux et tendres, dont la fillette
l'avait emmaillotté jadis ; prenant le cheval
par la bride, afin d'épargner au char une
pierre du chemin, une ornière. Le plus petit
heurt, le moindre cahot lui arrachait un cri
de détresse ; le gamin ne sifflait pas, par son
ordre, et lui-même parlait bas, comme en une
chambre de malade.

Si parfois une diligence, dévalant le long
de la pente, faisait trembler le sol sous le trot
cadencé de ses chevaux, et laissait après elle
une traînée sonore de fouet, de cor et de sonnailles, il était tenté de dire au postillon :

— Pas tant de fracas, je vous prie ; vous
allez me l'éveiller !

Il avait une peur jalouse des villes et des
routes de fer, et les fuyait avec soin, coupant
de préférence à travers les solitudes point
bruyantes des prairies, où seules les clochettes
des vaches tintinnabulaient.

S'il venait à pleuvoir, il se couchait de tout

son long sur le cercueil, et le protégeait des
plis ramenés de son manteau. Je vous le dis,
une mère n'eût pas mieux fait.

... Puis c'étaient des projets de tombeaux
insensés, des plans de monuments funéraires,
tels qu'il y en a dans les églises ! Elle serait
logée comme un pape ! Quand il devrait men-
dier aux portes, il la voulait couchée dans une
tombe de marbre blanc, fouetté de noir, avec
des envolements d'archanges par-dessus ; sur
un cartouche de brèche rose, cerclée d'or, il
ferait graver ce vers, qu'il se rappelait d'un
Fabelschatz de l'école :

Nach wärmeren Ländern steht unser Sinn !

Il la rejoindrait, sitôt sa tâche accomplie.
Comment ? Il l'ignorait encore ; mais les
moyens ne manquaient pas.

VIII

Il s'était taillé à son usage une image embellie de la petite morte ; pour cela, il avait, un à un, cousu les bouts de phrase jadis entendus, remarques, exclamations étonnées, que le charme point banal de Zanetta faisait lever, sur son passage, ainsi qu'une bande d'oiseaux piailleurs.

A ces données un peu vagues, il avait joint ses impressions personnelles, mêlé tout ce que l'inouïe sensibilité de son tact avait pu garder des attouchements quotidiens : une caresse sur la joue, une poignée de mains, une embrassade, un bras arrondi à la taille. Puis, de ces morceaux de dimensions variées, avec

les tâtonnements patients d'un enfant qui
assemble les pièces compliquées d'un casse-
tête, il avait combiné une figure idéale, logée
au plus profond de son être, et qu'il adorait
en secret.

Si elle avait pu entr'apercevoir ce reflet
flatté d'un miroir infidèle, je ne sais si Zanetta
se fût reconnue.

Ah! comme elle se revanchait, la petite
servante!

Chacun de ses traits, en passant par la
filière de cette adoration muette, s'était affiné,
embelli, transformé! Les contours un peu
secs du visage s'arrondissaient en un ovale
plus gras; les angles adoucis, les mains plus
potelées, la taille plus ronde, la poitrine
plus large et plus pleine; pas un méplat qui
n'eût bénéficié de cette admiration si tardive
et si tendre. Une transfiguration de Vierge
que ce portrait, avec le resplendissement du
nimbe!

Décidément, elle avait bien fait de mourir,
la Zanetta.

Ah ! comme elle devait battre des mains,
là-haut, en se voyant si vivante et si belle au
cœur rajeuni de l'aveugle ! Quels transports
d'allégresse devaient la secouer, avec un gai
ruissellement de rires !

De vrai, elle était là toujours, « invisible et
présente », ainsi qu'un blanc fantôme aux
formes indécises ; elle allait et venait avec
lui ; et c'était son viatique, à cet homme, la
force qui le poussait vers le sud ; il la voyait,
il lui tenait de longs discours passionnés, et il
s'imaginait l'entendre, ayant encore dans
l'oreille le timbre cristallin de sa voix.

IX

Ils avaient traversé Coire, sans s'arrêter, se
hâtant vers le passage que les neiges devaient
fermer bientôt ; et cela lui avait coûté gros, à
l'artiste, de ne point descendre à l'auberge,
où ils avaient logé au printemps, de ne point
entrer dans cette chambrette, où sur un grand
lit, à rideaux de percale rose, la fillette bien
lasse avait dormi tout d'un somme.

Que la vie leur semblait facile et riante,
avec ses lointains noyés d'une brume matinale
et charmeuse, où moutonnaient les profils un
peu *flous* des rêves !

C'était le premier repos après deux longs
jours de voyage ; et ils se sentaient si à l'aise,

si dispos, si sûrs de l'avenir, qui leur apparais-
sait sous la forme d'une maison à pignon de
bois, toute habillée de lierre et de clématite
en fleurs. Il leur semblait si près, leur petit
castel d'Espagne; le bras tendu, ils l'auraient
touché du doigt.

Car c'était là, en cette salle d'estaminet,
grise de la fumée des pipes, qu'ils avaient
brodé leurs premières espérances, tressé leurs
illusions premières. Ah! ces broderies, ah!
ces guirlandes, de quels frêles matériaux les
avaient-ils donc faites? Qu'en restait-il aujour-
d'hui?

Il se souvenait que Zanetta, dans la hâte
du départ matinal, y avait oublié une grosse
botte de bleuets, cueillis dans les blés ce
jour-là : c'était un dimanche, il se le rappelait
bien; les cloches de Saint-Lucius sonnaient à
toute volée, et les fidèles se bousculaient sur
les marches herbues du petit grippé qui
monte à la cathédrale.

Comme elle avait ri de bon cœur des
bonnets de dentelles, aux ailes de cygne

éployées, des boucles et des anneaux d'or, des
corsages étriqués des femmes ; des habits trop
courts, des culottes et des bas chinés des
hommes !

Quels yeux elle ouvrait, pendant l'office, où
chevrotait l'aigre trémolo des vieilles orgues !
D'abord, n'avait-elle pas failli pouffer, lorsque,
courbant la tête sous la bénédiction du prêtre,
elle s'était sentie aspergée par le goupillon
énorme ?

Une vraie tête de loup, cet aspersoir, qui
vous inondait d'une pluie d'eau bénite !

Et l'enfant de chœur, donc, avec sa sonnette !
Quelle musique, au *Sanctus*, bonne Vierge ! Il
fallait qu'il y eût, sous cette cloche de cuivre
ajouré, une douzaine au moins de grelots et
de clochettes ! Le joli carillon que cela faisait !
C'était gentil, vraiment, et c'était grand dommage qu'à Vérone on ne connût pas cela, dans
les églises.

L'habit rouge, galonné aux coutures, et le
blanc panache du suisse l'avaient enthou-

siasmée ; et l'Hérodiade du transept l'avait émue jusqu'aux larmes.

— Wilhelm ! Ah ! que c'est drôle, cela !

Et elle le forçait de baisser la tête et lui soufflait ses étonnements dans le cou, avec des rires peureux, qu'elle tamponnait de son mouchoir roulé en boule.

X

... Il allait, l'esprit assiégé de souvenirs : un grouillement bavard de choses vagues, qui surexcitaient ses nerfs, tendus à se rompre par la lassitude et les veilles. Ainsi qu'un chien dans les jambes du maître, il marchait derrière le char, en proie à une ivresse douce et somnolente, avec un balancement continu de la tête ; ses oreilles ronflaient, comme pleines d'eau.

Parfois, harassé, il se laissait tomber sur le bord du chemin, et quand la chanson des roues lui arrivait affaiblie, il se lançait d'un temps de trot essoufflé à sa suite.

Qu'il était las, le malheureux ! A peine s'il dormait quelques heures, la nuit ; et de quel sommeil encore ! Tenaillé par des angoisses mortelles, avec des visions pas gaies, dans la promiscuité poignante de la morte.

Dès l'aube, il était sur pied, éveillait le guide endormi et sans trêve il « traçait la lande » jusqu'à la nuit sérée ; se nourrissant de fromage et de pain, qu'il dévorait debout, buvant aux sources de rencontre...

Il fallait ménager la bourse, déjà d'une maigreur plissée de pauvre homme, et la route était longue, bien longue !

Ah ! qu'ils étaient loin, ces gais repas sous la tonnelle ! ces soupes à la bière, ces grasses *Sauerkraut,* et ces larges portions de charcuteries épicées, de pâtisseries à la cannelle ! Qu'elles étaient loin, ces haltes dans la campagne, arrosées de crème ou de vin blanc !

Même, il se mesurait le pain, à présent, se taillant des tranches bien minces ; et, chaque soir, en avare, il comptait sa petite fortune. Si la journée avait été peu coûteuse, il se frottait les mains en disant :

— Allons ! ça va bien ! Aujourd'hui, petite, je ne t'ai coûté que six sous !

C'était une pieuse folie : l'argent qu'il dépensait, il lui semblait le prendre à la morte.

— C'est cela de moins encore pour sa tombe, là-bas, pensait-il.

Et, à chaque morceau qu'il portait à sa bouche, il songeait :

— Voilà que je lui vole un bouquet d'œillets blancs, une couronne de buis ou d'immortelles !

XI

Il faisait peine à voir, l'aveugle. Ses os pointaient de toutes parts, et son habit usé flottait, comme un peplum antique, sur son grand corps décharné.

Où était-il, le beau Wilhelm ? Où, ces couleurs de pomme d'api, ces joues pleines, ces épaules larges, cette vaste poitrine, et ces boucles blondes, qui reposaient, ainsi qu'un rouleau d'or, sur le col de sa redingote ?...

... Il est midi ; dans un ciel bas de novembre le soleil découpe un rond de soie pourpre.

Un vent de nord-ouest courbe la cime des pins, fichés aux ressauts des ravins, ainsi que

des flèches en une cible ; une bruine froide
tombe et strie le brouillard d'un réseau serré
de fils de zinc.

La vallée s'étend, traversée par l'Albula,
qu'on devine aux méandres des brumes plus
épaisses qui la couvrent ; le fleuve torrentueux
se précipite dans le Rhin avec un roulement
de tonnerre lointain.

La route vers Thüsis monte en tournoyant,
boueuse, effondrée, lamentable, et là-haut
s'estompent les assises rocheuses des monts,
dont on ne distingue pas les faîtes.

Le cheval, dételé, broute l'herbe humide
d'un champ, planté de noyers, qui trouent la
grisaille des nuées de leurs bras dépouillés et
difformes. Non loin, une source chante, qui
s'égoutte dans une auge de bois très longue,
d'où une série de poutres creuses la portent
au ru d'un moulin.

Le gamin, dont les dents crient sur un
croûton de pain dur, fouille du manche de
son fouet les feuilles brunes et luisantes, qui
jonchent le sol, dans l'espoir d'y découvrir

une noix oubliée. Cela ferait bien l'affaire de ce petit affamé !

Ah ! lui aussi, il a semé un à un par les routes ses airs fendants du départ : ici son sifflet de merle, là ses appels de langue, plus loin ses décharges de coups de fouet. Il a bien les yeux caves, les joues creuses, la mine défaite d'un quidam qui porte un mort en terre. La jolie jambe ça lui fait, d'avoir suivi ce diable d'homme, qui a le feu aux trousses, ma parole ! pour courir ainsi, comme un chat maigre, sans plus manger que dormir !

Et Wilhelm, qui vient de jeter son manteau sur le lit de paille du cercueil, s'est assis sous le siège de devant, entre les brancards dressés comme des cornes. Il est si épuisé, si veule, que sa pensée engourdie semble morte. Le chef branlant, les bras croisés, dans une pose affaissée et lâche de vieux pauvre, il dort, et les rêves qu'il fait sont si tristes, que ses joues ruissellent de pleurs.

Car, je ne vous ai pas dit, il porte au cœur une blessure toute neuve, dont le sang coule,

en l'envenimant, sur les lèvres à peine fermées
de l'ancienne ; un ami lui était demeuré, une
suprême ressource, un cordial, qui soutenait
son courage, aux moments de crise, à l'heure
des découragements morbides et lassés : son
violon lui restait.

Que de fois un *andante* avait tenu la place
du souper absent, en cette lugubre croisade !
Quel élixir réconfortant, quelle eau de Jou-
vence infaillible, que cette source d'harmonie,
qu'il savait faire sourdre à sa guise ! Et cela
même allait lui manquer.

Un soir, entrant à Reichenau, la bourse
secouée n'avait rendu aucun son. Il avait eu
beau retourner ses poches, l'aveugle, et tâté
et palpé les doublures, il n'avait pas senti le
froid poli d'une seule piécette ; et le petit
criait la faim, et depuis huit grands jours le
cheval ne mangeait pas d'avoine !

Il ne restait rien à vendre : le voyage avait
égrené le mince butin chez les revendeuses de
campagne. Or, pour donner un concert sur

une place, devant l'aire battue d'une auberge, la force lui manquait aujourd'hui.

Et puis, ne serait-ce pas un sacrilège que de faire chanter ce violon, qui ne devait plus que pleurer pour la morte? Aussi bien, il aurait cru la dépouiller, en jouant pour d'autres que pour elle.

Et vivre? et le moyen de continuer la route?

Alors, il avait glissé la main sous la paille du char, et palpé la petite bière noire d'enfant, qui semblait la sœur cadette du cercueil : c'étaient toutes ses amours, à présent, ces deux boîtes, l'une où dormait Zanetta, la morte; l'autre, où l'instrument de bois et de cordes sommeillait seulement, attendant le réveil sonore du caprice inspiré de l'artiste.

Ah! la méchante détresse, le dénuement mauvais, qui le condamnait à donner un pendant à sa douleur si fraîche et si profonde, à mettre un second crêpe à son bras!

XII

Toute une après-dîner il avait balancé, l'esprit écartelé par la peur du parjure, et la rage d'un adieu cruel à un si vieux camarade. Certes, il ne pouvait hésiter entre le vivant et la morte; mais combien c'était dur tout de même !

Enfin, la mine piteuse de l'enfant, et ses dents qui mâchaient à vide, l'ébrouement quêteur du bidet, happant les ronces à la volée, et aussi la crainte de mourir, avant d'avoir tracé le mot « fin » au bas de cette funèbre odyssée, écrite de son sang et de ses larmes, lui avaient crié son devoir et de façon à être entendus.

Le sort en était jeté, il fallait se séparer de
ce violon, cette richesse, qu'il n'avait pas eu
même l'idée d'aliéner aux jours de jeûne, ce
gagne-pain sacré qui datait de ses premiers
pas dans le sentier âpre de l'art, cette vieille
voix presque humaine qui sonnait si bien au
cœur et qui avait gardé les inflexions chaudes
et pleines du cher soprano de Charlotte, le
timbre cristallin, un peu grêle, de Zanetta! Il
fallait le vendre, ce brave chanteur, qui avait en-
tonné pour lui les airs de bravoure, qui avait eu
sa part de bravos et de couronnes, avait soupiré
les romances d'amour, lancé les hymnes d'hy-
ménée et sangloté les désespoirs des deuils;
ce vieil ami, à l'âme intacte et toujours
jeune, au corps couturé de cicatrices glo-
rieuses qu'il avait pansées de sa main, collant
une pièce au dos, remplaçant une éclisse!
Il fallait le vendre! Sans savoir en quelles
mains il viendrait à tomber. Peut-être quelque violoneux de village, qui raclerait dessus
des bourrées! Peut-être un pître de foire qui
s'en ferait une amusette! Quelle pitié!

De fait, c'était un instrument unique, sorti

de l'atelier de l'illustre *Joseph Guarnerius da Gesu*, portant au ventre, dans une guirlande de fleurs en marqueterie de bois nuancés, ce mot et cette date : *Cremona. 1735.*

Quoi? cette patine jaune ambrée, une fois et demie centenaire, s'écaillerait sous les doigts mal soigneux d'un enfant, qui, s'attelant à ce chariot d'une espèce nouvelle, rouerait de coups de fouet l'hippocampe si finement sculpté de la volute?

Oh! vendre ce divin organe aux sons suaves et doux; cette boîte, toute vibrante encore, qui recélait dans l'essence même du bois un long passé mélodieux et charmeur!...

Et Zanetta, que devenait-elle en ce fouillis de remords superbes et de timidités indécises? Plaisante chose en effet que ces scrupules! Il avait juré, qu'importe! Dieu l'absoudrait au nom sacré de l'art!

L'artiste s'était débattu longuement, tandis que la petite morte attendait, dans des affres frileuses; ce pauvre corps, tout sanglant du combat de la vie, ne reposera-t-il pas au moins dans une terre hospitalière?

XIII

Enfin, avec du noir plein le cœur, Wilhelm s'en était allé par les rues.

— Voulez-vous acheter un joli violon, faisait-il d'un ton cafard de disetteux?

Et les portes se refermaient sur lui, brutales, avec des cascades de gros rires niais.

Car, en conscience, que ferait-on d'un violon à Reichenau, un mauvais bourg roman où les deux Rhin mènent un tel vacarme qu'on s'y entend parler à peine?

Et voici qu'il était arrivé aux dernières maisons du village, l'âme écœurée de ces joies grossières de bourgeois repus et peureux, qui lâchaient parfois un roquet aux jambes de

ce vagabond inconnu; il ne se rebutait point,
l'esprit aiguillonné de la crainte d'être parjure. Même, il était content des rebuffades
essuyées; cela faisait l'expiation plus complète, et le pardon semblerait meilleur, payé
d'une monnaie si pesante!

... Il frappa : un grondement de molosse
répondit, et une voix cassée cria :

— Entrez! la clef est sur la porte!

— Voudriez-vous pas m'acheter un violon,
par hasard?

— Un violon! la farce est bonne! fit un
vieux petit homme ventru, en tablier de
toile zébrée de raies rouges, qui, sur un large
étal de bois, d'un seul coup de couperet tail-
lait des côtelettes. Hé! Rosa, viens donc
voir!

Et une fillette parut, portant avec effort,
sur un plat de terre brune, une hure énorme,
toute tremblotante de gelée blonde.

— Quoi, père, dit-elle?

— Un pauvre diable qui souhaite vendre ça.

Et il avait saisi l'instrument, qui rendit,

sous ce rude attachement, une plainte aiguë
de harpe éolienne.

— Tiens! c'est gentil! Et cela fait de la
musique, encore! Combien en demandez-
vous? interrogea la jeune fille, accotée au
comptoir, encombré d'assiettes pleines, les
yeux émerillonnés d'un désir fou.

Et Wilhelm, mal à l'aise, pris de la peur
de ne point vendre, charmé aussi peut-être
par le timbre doux de cette voix de fillette,
avait répondu bien vite :

— Ce que vous voudrez!

Alors, tandis que le dogue flairait en gron-
dant les bottes crottées de l'intrus, un col-
loque à voix basse s'était engagé entre le père
et la fille.

Justement la flûte de l'ours en bois peint
de l'enseigne avait été, l'autre nuit, emportée
par la bourrasque; le violon la remplacerait
et ferait bonne figure, en vérité, entre les
pattes de la bête; cela irait à merveille, avec
une retouche dans la pose, et l'*Ours virtuose*

continuerait à emplir les poches des Lermbär, charcutiers de père en fils.

Ah! mais, il n'était que temps. Le maître d'école n'avait-il pas insinué, le matin même, que cette flûte était le... comment disait-il cela déjà? le *salad... le palladioum* de la boutique, et que la vieille renommée de la maison ne se relèverait pas de ce coup néfaste? Est-ce que le petit Vieweg, de la concurrence, *au Lapin qui bat du tambour,* n'avait pas été chanter partout ce méchant quolibet : l'Ours est mort, vive le Lapin! Ce qui vient de la flûte retourne au tambour...

... Et Wilhelm était parti avec deux écus dans sa poche, le cœur soulagé d'un poids immense ; quand il avait rejoint le char, derrière une haie d'épines, il avait cru entendre Zanetta qui riait dans sa bière.

Et ce ne fut que du bout des lèvres qu'il marmonna un court pardon à l'âme de *Joseph Guarnerius da Gesu,* célèbre luthier de Crémone.

XIV

... Soudain l'aveugle paraît s'éveiller d'un lourd sommeil. Un frisson a crispé les muscles de sa face ; d'un geste large, il chasse ses longs cheveux en arrière, et d'un bond se met debout.

— Allons, point de paresse, murmure-t-il, point de lâcheté ! Pardon, chère, chère petite ; vois-tu, ce n'est pas de ma faute, seulement ; j'étais perdu, halluciné. Je faisais un rêve en dormant... *Der Teufel !* je prenais bien mon temps, hein ? Et les neiges qui vont venir, et la Via-Mala qui sera bouchée ! Ne dit-on pas déjà que le Rhin, sorti de son lit, emporte en sa course folle des ponts, des villages entiers ? En route !

Et en un tour de main le cheval est harna-
ché, et l'équipage trottine dans la boue glissante.

Wilhelm, lui, bercé par son pas cadencé,
poursuit les songeries en train.

... Oui, en vérité, il serait volontiers retourné
en arrière. Il lui semblait apercevoir ces
choses vues par les yeux de la petite, la place,
où ils débarquaient un matin, l'auberge, avec
ses lauriers-roses en caisse.

Il éprouvait une joie amère, mais non sans
charme, à se recorder cette fuite, qui vous
avait des airs de promenade... Ils avaient
soupé dans le coin gauche en entrant à l'estaminet; la bonne bière!... Peut-être ces bleuets
étaient-ils là encore, dans leur verre épais de
guinguette, ayant fait sur la table de sapin
une jonchée de leurs pétales flétris. Il lui eût
été doux de les prendre, de les presser sur ses
lèvres, et de les manger de baisers. Ne
serait-ce pas quelque chose d'elle, ce bouquet
laissé là, comme une odorante brisée, pour
faciliter le retour?

Ah, la chère âme ! Qu'elle était vive et gaie
ce dimanche ; comme elle batifolait, sautillante et rieuse, avec de petits cris de caille,
à travers la plaine, où tremblait, moiré par
une brise légère, le vert tendre et changeant
des avoines ! Elle allait, avec une ariette aux
lèvres, baguenaudant, de ci, de là, s'esclaffant
pour une fleur nouvelle.

— Ah ! un coquelicot ! ah ! un bleuet !

Pauvre lui ! La procession avait passé ; des
tiges fanées, des feuilles flétries, c'était tout
ce qui lui restait d'elle.

... Une chanson de pâtre, un cri d'oiseau,
un rire de fillette éveillaient en son âme une
légion de souvenirs endormis ; et, navré, il ruminait, en marchant, la saveur sucrée, un peu
fade, de leur courte vie à deux : longues cau-
series et longs silences ; heures babillardes,
heures muettes ; et les questions étranges, les
étonnements, les extases, les ravissements,
les dégoûts de cette petite sauvage, qui ne
s'était jamais demandé s'il existait au monde
d'autres cieux que les siens !

Avec cela, des conférences grotesques, de grands discours pompeux, qui finissaient en fusées de rires, et tendaient à prouver ceci : la supériorité nécessaire et fatale de Vérone sur tout autre lieu. A son estime, rien de si beau, de si splendide ; pour ses Arènes seules, elle eût donné la chaîne des Alpes de bon cœur, et quelque chose encore par-dessus le marché.

Si elle goûtait d'un mets, d'un fruit, d'un vin de pays, elle minaudait, le nez, les yeux tordus par de petites mines délicates et méfiantes.

La première fois qu'elle avait bu de la bière, ç'avait été tout un drame comique ! Longtemps elle avait flairé, palpé en tous sens, l'énorme chope à couvercle d'étain.

— Hum ! Hum ! est-ce que c'était bon, cela?

Puis, élevant le verre à hauteur de son œil, elle avait regardé au travers, amusée par les bulles qui remontaient, légères, à la surface. La couleur lui plaisait assez ; mais la mousse, et le pétillement des petites boules irisées, qui éclataient avec un léger bruit de

ballon dégonflé, cela lui donnait fort à réflé-
chir.

Enfin, prenant un gros parti, elle y avait
plongé les lèvres, d'où la langue, comme une
gousse mûre de piment, dépassait un tantinet.

Ce n'avait pas été long, par exemple! La
mine fâchée, elle s'était relevée vivement, la
bouche grimaçante, de la mousse jusqu'au
nez, avec de petits crachements : pfff...
pfff!... Et elle avait un brin grondé Wilhelm,
qui lui avait donné à boire une pareille méde-
cine.

— *Ché !* mais c'était amer comme chicotin.
Vraiment, on pouvait aimer cela?

Alors, s'en faisant un jeu, le menton bar-
bouillé d'écume blanche, elle s'était plantée
devant la glace du café, réclamant à grands
cris un barbier : elle pouffait de se voir sa-
vonnée si à point.

— Quel dommage, ah! ah! que Tonsura ne
fût pas là avec... ah! ah! ah!... son rasoir...
ah!... à manche de corne... ah! ah! ah! ah!

XV

Puis, c'étaient les touristes qui la faisaient
retourner, curieuse, ébaubie ; les voiles verts,
enroulés autour des feutres, comme des nuages au front d'une Alpe hautaine ; les « complets » clairs des Anglais, ficelés, saucissonnés
de courroies vernies, où pendaient des lor-
gnettes, des gourdes, des sacoches ; les dents
en biseaux des Anglaises, les lunettes bleues
et l'air grave des *Clergymen*, jurant avec les
mines évaporées des *Misses;* les bandes bigar-
rées des *Cook's*, toujours au galop par les
chemins ; les *Alpenstock*, et leurs guirlandes
d'escalades, à deux sous la lettre ; et les bim-
beloteries de bois sculpté, les petits chalets,

les petites ménageries, les bonshommes.
Toutes ces visions la laissaient grave et
recueillie, pensant au pourquoi des choses.

Ce qui la dépassait, c'était la voracité de
ces gens, qu'elle trouvait toujours mâchant
ou ruminant, entre deux *lunch*.

Et ces femmes, quelles fourchettes ! Mais
quelles timbales, surtout ! Les lampées de vin
pur la tenaient interdite, épeurée.

Qu'était-ce que ces étrangers, aux appétits
formidables ? Des ogres, sans doute ; car elle,
une pomme verte lui faisait deux repas.

Dieu que tout cela était loin !

Puis, le soir, les prières, marmottées dans
le haut de la voix, qu'il entendait malgré lui,
et où son nom revenait souvent, souvent,
comme une ritournelle.

Puis ces mille attentions, ces menus services, ces petits soins, ces câlineries, où il
posait bonnement sa tête lourde, dans une
molle tiédeur d'édredon.

Tout cela, hélas, était mort, bien mort !
Et c'était lui, le maladroit, qui avait laissé

la cage ouverte à l'envolée de cette pauvre âme, férue d'amour !

C'était mieux que ses yeux qu'il perdait, cette fois. Et penser qu'il n'aurait eu qu'un mot à dire, un seul, ou bien un simple geste, son bras enroulé autour de cette taille souple et fine, et elle serait restée, lui faisant une vie toute ouatée de prévenances et de chatteries.

Elle était morte, la *Caprinola,* et il était seul, n'ayant même pas, pour le guider, le chien frisé des mendiants de carrefours.

Ah ! la bonne petite fée, la chère maman, quelle revanche elle prenait, à présent ! L'avait-il assez méconnue, l'ingrat ! A peine un merci tout sec, et pas l'ombre d'un cadeau, d'une attention, pas un rien d'amour ! Qu'avait-il mis dans la balance, où pesait si lourd cette abnégation sereine de tous les instants ?

Niente, comme elle disait : il fallait bien avoir le courage de l'avouer.

XVI

Ah ! si fait, pourtant ; et il savourait ce
souvenir avec des lenteurs friandes. Il lui avait
un peu appris à lire dans une vieille Bible allemande, aux majuscules finement rehaussées
d'argent et d'or.

Oui, oui ! il croyait l'entendre encore épe-
ler, en ânonnant. Qu'elle était heureuse et
fière, l'ignorante, et avec quels débordements
de tendresse joyeuse elle le remerciait de sa
peine !

Était-il bien certain, même, que ce fût
uniquement pour elle qu'il se dévouât ainsi ?
Cela ne l'amusait-il pas, ces bégaiements
chercheurs de l'espiègle, qui donnait aux
lettres des sobriquets comiques appropriés à

leurs figures? Et n'avait-il pas trouvé dans
ces leçons je ne sais quel charme inexprima-
ble, quelque chose de doux et de paternel?
Est-ce qu'il ne se figurait pas sa petite *Süschen*
revenue, son cher angelot descendu du ciel?
De fait, elle aurait été grandelette alors, et
bien en âge d'apprendre à lire.

Le soir, la besogne finie, Zanetta grimpait
vite à l'étage; et, du bout de son doigt guidé
par Wilhelm, elle traçait, dans le creux de sa
paume étendue, les squelettes ventrus de
l'écriture gothique.

— Ceci c'est un *faö*, disait-il.

Et la petite répétait, sans comprendre :

— *Faö*, la grosse bedaine !

C'était de cette façon fort lente et malaisée
qu'il lui avait enseigné les nombres; et le
plus souvent la fillette, lasse des mille tours
d'une journée très pleine, s'endormait, le
nez sur le gros livre ouvert.

Il y avait, dans la Bible, un vieux bois
bien naïf, qu'elle aimait entre tous; il la
voyait, cette image, tant de fois elle la lui

22

avait décrite : un agneau joli, à la laine frisée et très blanche, la tête dans un nimbe d'argent, couché en rond sur l'autel, drapé d'une nappe de brocart à franges d'or ; au-dessous, sur les marches tapissées, une sainte femme, agenouillée, priait, les mains jointes.

Et voici qu'aujourd'hui il lui avait élevé, dans son cœur, un autel de tous points semblable ; et c'était elle l'agneau sans tache, et la sainte femme priant, c'était lui !

Ah ! les trésors de tendresse, l'adoration profonde ! Quelle somme d'amour dans cette communion constante de son âme avec l'âme enallée de la morte ! Que de larmes ! Quel chagrin navré, inconsolable, rabâcheur !

Vrai ! cela devait la peiner, là-haut, de le voir si misérable ! Et, dans sa compatissante pitié, elle devait trouver que c'était acheter bien cher un pardon inutile et vain.

Et lui égratignait ses plaies avec un plaisir amer.

— Jamais ! pensait-il, ses yeux n'auraient assez de pleurs pour laver cette tache de sang.

XVII

Un matin, ils étaient arrivés à Thüsis, petit village qui, le long de la côte, égrène ses maisons blanches, ainsi que des perles défilées d'un collier. La Via-Mala, en haut de la montée, ouvre le trou noir de ses gorges.

Depuis Coire, on marchait nuit et jour, et l'équipage était rendu. Force fut à Wilhelm de laisser prendre au guide et à la bête quelques heures d'un repos bien gagné.

Tandis que le petit drôle s'allongeait, aux côtés du bidet, sur la paille, avec un sifflement attendri, l'aveugle, grelottant, était entré dans la salle d'auberge et chauffait ses membres transis devant un feu clair de broussailles, qui flambait dans la haute cheminée.

Au dehors, de blancs flocons, pareils à une pluie de charpie, tombaient dru, s'accrochant aux branches des pins, aux ressauts des pentes, aux rebords des gouttières; et déjà les routes, les champs, ne faisaient plus qu'un, sous l'épais tapis de cette ouate niveleuse et glacée.

— La première neige ! geignait la cabaretière, une Italienne replète, qui servait à boire à des rouliers; en voilà pour six mois, si je sais compter, *Gesu m'aiuta !* Le courrier ne sera pas en avance... et juste, mon homme qui revient de Splügen, dans son tape-cul; pourvu qu'il ne soit pas pris par un chasseneige ! *Via !*

— *Sacrament* ! fit un des buveurs, en reposant bruyamment sa chope sur le comptoir, mieux vaudra, ce soir, dormir entre deux draps de toile, que passer du tabac en fraude par delà la Roffla, je vous le dis, oui ! Hein, Grimsel ?

... Wilhelm n'avait pas compté sur ce

nouveau contre-temps : la neige. Pourrait-on
être en Italie avant que le col fût fermé ? Ah !
Dieu ne voudrait pas le faire parjure ! Être
arrêté si près du terme du voyage, c'était
trop de malechance, à la fin ! Tout s'en mê-
lait donc : après le dénuement, autre chose,
plus terrible, et que nulle force humaine ne
saurait vaincre, l'hiver !

Alors, ce serait pour rien qu'il aurait enduré mille tortures, sans sommeil, presque
sans pain, et la gorge altérée par l'amertume
de ses larmes ?

Et que faire du cercueil, de cette chère
dépouille qu'il avait juré de rendre à la terre
italienne ?

En tous cas, il n'y avait pas un moment à
perdre. Ce n'était pas seulement la neige :
la gelée allait suivre, les frimas et toute la
séquelle de la saison mauvaise. Que devien-
drait-il, ce pauvre petit cadavre, dans le dé-
chaînement de la froidure, que cette blanche
avant-courrière annonçait prochaine et vio-
lente ?

Ne serait-elle pas transie, en sa bière
faite de planchettes bien minces, celle qui
eût souhaité reposer dans la tiédeur familière
du cimetière de Vérone, en un coin tout baigné de soleil, et choisi exprès au midi, abrité
de la Tramontane ?

XVIII

Partir ! partir au plus tôt !...

Et Wilhelm, enfonçant sur sa tête son chapeau qui ruisselle, va réveiller l'enfant, qui ronfle et rêve de lits de plume et de soupers copieux.

Il s'agit bien de soupe chaude, de matelas moelleux et de ragoûts fumants ! Il faut se lever sans que cela traîne, étouffer les bâillements, faire taire la faim, le sommeil. Il faut, les yeux encore gonflés, boucler sa ceinture, et, le ventre creux, affronter la Via-Mala, malgré l'ombre épaisse qui règne, malgré le vent, malgré la neige !

Et le maigre bidet, mâchant une dernière

bouchée de foin, recule, avec un frisson, entre les brancards ; la bière est tendrement habillée de paille fraîche et de branches de houx, où tremblotent des graines rouges ; et le petit, s'étirant les bras, se retourne avec un long regard d'envie et de regret à cette écurie bien chaude, où il dormait d'un si crâne somme.

Pour se donner du cœur, il fait claquer son fouet ; mais la mèche mouillée ne rend qu'une plainte sourde.

Ils partent : le vieux cheval enfonce jusqu'au poitrail dans l'épais duvet de cygne de la route ; il glisse à chaque pas, et, les naseaux poudrés à blanc, se relève avec une ardeur nouvelle. Wilhelm, la main au rebord du char, a vraiment peine à le suivre.

Ah ! la rude corvée, vrai portement de croix, pour ces pauvres gens, qui vont, le corps vide et le vent dans le nez, un vent tout chargé d'une cendrée de givre !...

... La tourmente souffle et siffle ; au fond de l'abîme, la Nolla et le Rhin roulent et grondent et se précipitent, avec un martelle-

ment continu de timbales. Le brouillard est
si dru, la couche de neige si fraîche, qu'on ne
distingue plus trace du chemin.

Mais bêtes et gens sont intrépides : rien ne
les rebute, ni le fracas des éléments déchaî-
nés, ni l'ombre qui se fait à mesure plus
épaisse, ni le verglas glissant.

Ils montent, d'un pied allègre, comme s'ils
se rendaient à un repas de noces prochain ;
en conscience, un fiancé, le bouquet de rubans au chapeau, n'aurait pas plus de hâte
amoureuse !

Ils montent ; et si quelque voyageur attardé
les croise, il s'écarte, pris de peur, et se demande, en pressant le pas, à quelle sinistre
besogne courent, à pareille heure, cet homme
et cet enfant...

XIX

... Une horloge lointaine a tinté onze fois :
c'est Splügen. Les coups espacés du marteau
sur le timbre sonore semblent leur donner
des forces nouvelles, une nouvelle rage de
courir. Le petit, affaissé sur le siége, somnole,
et, tout en dormant, d'un geste machinal, il
caresse avec son fouet la croupe du cheval,
blanche d'écume.

Encore un coup de collier ! Allons ! un suprême effort, et le sommet du col est atteint !

Mais non ; tout n'est pas fini ! La bête corne
épouvantablement ! Soudain elle a manqué
des quatre fers ; elle tombe de côté, broyant
le brancard, avec un bruit mou et tassé : elle
ne se relève plus, cette fois.

Wilhelm se précipite à genoux dans la neige ; il flatte de la main les flancs du cheval, d'où sort un bruit rauque, époumonné ; il secoue la bride, le mors, et l'encourage de la voix.

En vain !

— Oh ! Dieu ! Dieu ! crie-t-il d'un accent de suprême détresse, tout s'acharne à ma perte !

Et il se lamente, insensible à la morsure cuisante de la bise, tandis que l'écho du passage répond à ses sanglots par un éclat de rire strident, qui roule sans fin, renvoyé, comme un volant sonore, par les raquettes de roche de la gorge.

XX

— Quand je devrais la porter dans mes bras, a dit Wilhelm.

Et voici que, d'une main fièvreuse, sans que le petit s'éveille seulement, il fait voler partout la paille lourde de neige, et met à nu la boîte où repose le corps.

Appelant à lui tout ce qui lui reste de force, il saisit le cercueil, et sans même ployer sous ce fardeau énorme, il le couche, oblique, sur son épaule.

A quoi pense-t-il?... C'est folie pure. Le portera-t-il, comme il l'a dit?

Oui bien! si Dieu le permet, toutefois. Et la rafale l'enveloppe en ses replis sifflants, les

blancs flocons s'accrochent aux anneaux de
sa barbe et de ses cheveux, et ruissellent dans
son cou par l'hiatus du collet en loques.

— O Dieu! murmure-t-il, d'une voix faible
comme un souffle, ô Dieu! viens à mon aide!
Ne m'abandonnez pas, Christ! Tu vois comme
elle tremble! Elle a bien froid, ma pauvre
Caprinola! Fais-moi la grâce de me conduire
au delà de ces monts, en une contrée chaude
et bénie. Je le lui ai promis; tu sais, je lui
devais tant, et c'est moi qui l'ai tuée! Laisse-
moi gagner mon pardon! O Dieu! aide-moi!
protège-moi! Donne-moi l'énergie nécessaire
à mon œuvre; puis prends ma vie, après,
prends mon âme! Quelques enjambées encore, et elle dormirait en Lombardie : ce serait déjà quelque chose; et si tu ne veux pas
qu'elle repose à Vérone, ô Dieu! que ce ne
soit pas du moins dans cette terre étrangère,
si lourde et si froide à la fois!

... On dirait que la prière de Wilhelm a
été entendue là-haut. Le vent s'apaise, les
nuages se coupent; une faible lueur blanchit

derrière les pins. Le jour paraît, un jour pâle et jaune d'automne ; le ciel, d'un gris uniforme, semble un immense couvercle d'étain dépoli : de légères colonnes de nuées le soutiennent, par places.

L'aveugle marche dans la neige, qui lui monte par-dessus le genou.

Dieu l'aurait-il exaucé ? Lui a-t-il départi, pour une heure, une somme de vigueur surhumaine ? Car un athlète succomberait sous ce poids.

Un rayon de joie triomphante a transfiguré son visage, comme un reflet de l'assistance divine. Oui, il le sent maintenant, il ira jusqu'au bout : Dieu le veut ! Et Zanetta dormira en paix du sommeil sans rêves.

Déjà le plateau de la cime est franchi ; la descente commence : un jeu d'enfant !

XXI

Soudain un rictus navré tord la bouche de
l'aveugle ; il jette un cri d'angoisse, et, les
mains en avant, il tombe, entraînant dans sa
chute le cercueil, qui se plante presque droit
dans la couche de neige meuble et profonde...

D'un bond il s'est relevé, tâtant la bière
avec une peur attendrie de grand'mère. Une
idée a traversé son esprit : il fouille et secoue
fiévreusement ses poches, et en tire joyeux un
paquet oublié de cordes à violon.

Les lier bout à bout et attacher un nœud
coulant à chacune des poignées du cercueil,
rude besogne pour les doigts engourdis de
l'aveugle !

Enfin, c'est fini! Il pousse devant lui ce funèbre équipage, qui glisse le long de la pente avec un frôlement d'ailes d'oiseau...

... Mais la neige effeuille de nouveau ses blancs pétales étoilés.

La première *cantoniera* est dépassée. Encore un pas, c'est l'Italie! Voyons, plus qu'une enjambée; courage, Wilhelm!

— Malheur à moi, pense l'aveugle, je touche le but du doigt et ne dois pas l'atteindre; je le sens, je n'en puis plus, je vais mourir, et ma mission sacrée ne sera qu'aux trois quarts remplie!

Il avance encore, cependant; mais le cercueil a rencontré la paroi d'une galerie, il a tourné sur lui-même avec un craquement sinistre.

Wilhelm s'agenouille, il essuie de ses mains raidies et soigneuses la neige qui fait à la bière une robe de mariée; puis, la couvrant de son manteau qu'il dépouille, il se couche à côté, tout contre.

— Zanetta! soupire-t-il, enlaçant la boîte

de ses bras, Zanetta! tu vois, ce n'est pas ma
faute, je ne peux plus... je ne peux plus!
Tu as froid, ma pauvre chère âme? Tiens, je
vais te donner le peu qui me reste de chaleur
au corps : car je meurs, cette fois ; comment
ne point succomber aux tortures de ce long
chapelet de semaines? C'est la fin, vois-tu : il
n'y a plus d'huile dans la lampe ; force est
bien qu'elle s'éteigne! Oh! le cri de joie immense et soulagé je pousserais vers le ciel, si
j'étais sûr que tu me pardonnes! Dis! dis-moi,
Zanetta, est-ce que tu m'en veux toujours de
ne t'avoir pas devinée, de n'avoir pas entendu ton cœur battre, et de t'avoir laissée,
ma pauvre chère âme, ouvrir tes ailes sans
un mot d'amour? O Dieu! je t'aime bien, va!
Et depuis le jour que tu m'as dit adieu, c'est
ton souvenir et mon serment qui m'ont fait
vivre... Mon vœu accompli, je voulais partir
à mon tour... Hélas! Dieu ne me l'a pas permis! Regarde-moi! Suis-je assez vieux et
blanchi, et cassé? Ces cordes à mes poignets
ont mis deux bracelets sanglants ; mes doigts

sont meurtris, et les rides font des creux rouges à mon front. Regarde mes genoux dé-
chirés par les pierres de la route; vois, le
froid a figé le sang sur mes plaies!... C'est
pour toi seule que ces choses sont ainsi, mon
pauvre ange; cela vaut-il le pardon, dis-moi?
Depuis Remagen le chemin n'est pas court,
ni aisé, est-ce pas? Eh bien! tu le referais
sans peine, chérie, rien qu'à la traînée de
mes larmes... C'est fini! je souhaitais faire
davantage, et te placer moi-même, avec des
chants et les pompes habituelles, en une
tombe parée des fleurs que tu aimais. Hélas!
cette joie même m'est refusée. Mais, écoute,
mon cœur, c'est bien quelque chose de se
sentir chez soi, dans son pays; ce n'est pas
Vérone, non; c'est la patrie tout de même,
et tu y seras mieux que là-bas!

XXII

Sa voix allait *diminuendo,* avec des chuchotements émus, scandés de notes de gorge rauques et sifflantes. Il embrassait la bière d'une étreinte passionnée ; une grêle de baisers crépitait sur le bois.

Il continua :

— Qu'est-ce que tu veux, mon cher trésor, je ne suis qu'un homme et pas complet encore ; j'y ai mis toutes mes forces, je t'ai donné tout, jusqu'à ma vie, puisque je meurs !

... C'est la première fois que nous coucherons ensemble, mon amour ! Brrr... on n'a point allumé de feu dans notre chambre nuptiale. Serrons-nous bien l'un contre l'autre, afin de mieux lutter contre ce froid glacial qui vous gèle la moelle aux os.

Est-ce pas, tu me pardonnes? Zanetta! Zanetta!... Je viens : ouvre-moi tes bras, prends-moi bien fort... qu'on ne nous sépare plus jamais... Oh! que cela sera bon d'être enfin réunis: nos deux âmes... vont se fondre en... une seule, toute... vibrante d'amour. J'aurais voulu, mon cœur, te... bercer une fois... encore au son de cet air que tu... aimais... Mais... mon violon, je l'ai... vendu, tu sais, afin de pouvoir terminer... le... voyage... il ne me restait rien... alors, tu comprends... Je vais te le chanter... dis?

> Plaisir... d'amour ne dure qu'un... moment;
> Chagrin d'amour dure... toute... la... vie!

Toute la vie! toute! mais pas l'autre... pas... l'éternelle... Ah!... Zanetta!

. . . .

« To die !... To sleep !... »

SHAKESPEARE.

Si vous traversez le Splügen, arrêtez-
vous à Isola : non que la chute du Madesimo
en vaille bien la peine ; mais, tandis qu'à la
dogana les douaniers retournent vos malles
de leurs mains pas trop propres, allez faire
un tour au cimetière — pour peu toutefois
que ce seul mot « cimetière » ne vous mette
pas l'esprit en deuil.

Aussi bien, ce n'est point un de ces champs
de mort tragiques, où les cyprès semblent
plantés comme des cierges autour de blancs
catafalques de marbre.

... Quatre enjambées, et vous y êtes : un vrai nid de verdure, un jardinet suspendu dans l'horreur des débris de roches rougeâtres, détachées des montagnes voisines. Là, à l'ombre des pins d'Italie et des frênes, chaque tombe a son carré de fleurs, où volettent les mouches lilas des cyclamens.

De monuments, de ceux dont parle le poète, et qui du bronze ont la durée, pas trace ! Rien que des croix de bois ou de pierre. Mais l'endroit est en plein midi, abrité des bises glacées du nord ; on y domine la sauvage vallée du Liro, la tour blanche de Gallivaggio, qui se dresse, pareille au tronc argenté d'un bouleau, dans le verdoiement sombre d'une forêt de châtaigniers ; puis, au loin, l'étroit ruban du Liro, qui semble cousu sur le vert tendre des vignes ; enfin, bornant l'horizon, les blancheurs crayeuses de Chiavenna, qui se fondent dans le bleu délicat du ciel.

J'ai découvert ce paradis par une charmante matinée de juin, l'an passé. La main sur la conscience, ce jour-là, le roi ne fut pas mon cousin, comme on dit ; je portais beau, et — j'en donnerais mon billet ! — rien qu'à la façon cavalière dont je posai le pied sur la roue, pour remonter dans le coupé, le conducteur — un malin — dut se dire : « En voilà un qui vient de faire un bon coup ! »

De fait, j'avais l'âme singulièrement sereine ; je me sentais sûr du lendemain, du dernier, s'entend : ma guenille n'avait-elle pas sa place retenue en ce joli coin pas triste ?

Mon Dieu ! oui, j'ai découpé mon chiffre dans l'écorce d'un merisier, pas plus haut qu'un *Alpenstock*, à deux pas de l'entrée, sur la gauche.

Pourvu maintenant que le vieux fossoyeur, qui me servit de témoin, ne vienne pas à mourir avant moi ! Il est vrai que je pourrais encore appeler en témoignage le peuple de pierrots, qui piaillaient à l'entour des merises.

... C'est là qu'elle dort, la petite servante : des bergers bergamasques ont trouvé embrassés, dans le cercueil ouvert, les deux cadavres raidis par la gelée. Ils les ont portés à l'église, et le syndic les a fait enterrer, côte à côte, aux frais de la commune.

Elle doit reposer en paix, dans cet angle, tout en haut, au-dessous du cadran solaire à demi effacé sur le mur blanc : l'air y est embaumé des senteurs poivrées du thym et des menthes sauvages.

Même, quelque ami inconnu, peut-être un oiseau, a semé des graines sur sa tombe; et, dans le tremblotement soyeux des folles avoines, on voit luire, au printemps, la prunelle bleue d'un bleuet et la fraise empesée d'une marguerite.

FIN.

Évreux, Ch. Hérissey, imp. — 380

LIBRAIRIE PAUL OLLENDORFF

28 *bis*, rue de Richelieu, Paris.

Collection in-18 jésus à 3 fr. et à 3 fr. 50 le volume.

LE FILS DE CORALIE, par Albert Delpit, 12e édition.

LA MAISON DES DEUX BARBEAUX, LE SANG DES FINOËL, par André Theuriet, 4e édition.

L'AMOUR AU VILLAGE, par Camille Fislié, avec une préface de André Theuriet.

LE BEL ARMAND, par Henri Bocage.

SAINTE-BEUVE ET SES INCONNUES, par A.-J. Pons, avec une préface de Sainte-Beuve, 12e édition.

VOYAGE AUTOUR DES PARISIENNES, par le vicomte Georges de Létorière, 6e édition.

LE ROMAN D'UNE NIHILISTE, par Ernest Lavigne, 2e édition.

RÉNÉE, avec une préface à George Sand, par Henri Amic, 2e édition.

MADAME DE KARNEL, par Henri Amic.

PAR MER ET PAR TERRE, par Gustave Aimard. LE CORSAIRE, 1 volume ; LE BATARD, 1 volume.

A LA RECHERCHE DU BONHEUR, par Charles Epheyre.

MAUROY, par Amédée Delorme.

CLAIRE AUBERTIN, VICES PARISIENS, par Vast-Ricouard, 8e édition.

PHILIPPE FAUCART, par Georges Glatron.

THÉATRE DE CAMPAGNE, Recueil périodique de comédies de salon, par les meilleurs auteurs dramatiques contemporains. Ont paru les séries 1 à 6.

Evreux, Ch. HÉRISSEY imp. — 280